ラピュタ新書　009

ユーリー・ノルシュテイン
文学と戦争を語る

通訳：児島 宏子／聞き手：才谷 遼　他

翻訳：鴻 英良、毛利 公美、守屋 愛

ふゅーじょんぷろだくと

目次

はじめに　8

Ⅰ　午前10時のモスクワから　15

Ⅱ　『話の話』からみえること　25

ギリシャの悲運とゴッホ

国家の礎を作るもの

文学と人間の尊厳　プーシキン・ゴーゴリ・チェーホフ・ドストエフスキー

トルストイ　富める野蛮人の心理

Ⅲ　今日生まれうる芸術　61

ソ連時代の芸術活動

予言者としてのバルザック

芭蕉、一茶、北斎の到達した単純な概念
スタジオジブリ『君たちはどう生きるか』

Ⅳ 今の時代にアニメーションをつくるということ 109
大嫌いな〈自己表現〉という言葉
《プラハ芸術大学教授称号授与式でのスピーチの全文》

Ⅴ 孤独について 125
アカーキー・アカーキエヴィッチの宇宙的孤独

Ⅵ 戦争の終わり 137
本を読むこと
２０１４年のメッセージ
《クロック映画祭でのスピーチの全文》

《注》　157
あとがき　才谷 遼　185
　児島 宏子　189
解説　果てしなきゴーゴリへの道、もしくは21世紀のヴィジョン　鴻 英良　193
ユーリー・ノルシュテイン略年譜　201
　プロフィール
　フィルモグラフィ
　プロフィールに寄せて
映画『ユーリー・ノルシュテイン 文学と戦争を語る』クレジット　206

はじめに

ユーリー・ノルシュテイン（Yuriy Borisovich Norshteyn）。『霧の中のハリネズミ』（1975）や『話の話』（1979）で知られ、日本でも多くの人々に愛され続けているロシアのアニメーション作家である。切り絵アニメーションの手法で作られるアニメーションは、その深い精神性と詩的な映像美によりアニメーション史上屈指の傑作として、今もなお、上映のたびに人々に深い感動を与えている。

そして、その作品世界だけでなく、私たちをさらに魅了するのが、好奇心と深く豊かな洞察にみちた「芸術」や「文学」をめぐるノルシュテイン氏の言葉である。若い芸術家たちに向けて、やや興奮気味に、熱っぽく語られる鮮やかな言葉の数々は、本国ロシアだけでなく、日本においても多くの芸術家たちの心を震わせ、励まし、支え続けてきたのである。

2022年2月、私たちはロシア軍がウクライナへ侵攻を開始したとの報を受けた。入り乱れる情報と増え続ける死者。一体何が起こっているのか。現実とは思えぬ状況に、私たちは呆然とするしかなかった。

モスクワに住むノルシュテイン氏は今、何を考えているのだろうか――。話を聞いてみたいと思った。

インタビューが実現したのは1年後の2023年。東京の事務所とモスクワのノルシュテインスタジオをインターネットを介して繋ぎ、2月22日、7月3日、8月24日、合計で8時間に及ぶインタビューを行った。この映像は、ドキュメンタリー映画としてまとめられ、2024年6月にMorc阿佐ヶ谷にて公開された。本書はこの映画からこぼれ落ちた言葉をまとめ、編集しなおしたものである。

おおまかな内容としては、第1に、代表作のひとつ『話の話』をきっかけとして、戦争と文学について読み解いていく。ノルシュテイン氏からみたウクライナ戦争の姿が、かつての芸術や文学作品と重なる時に、私たちがそれらから学べるものとは何か。ゴッホの手紙やギリシャ悲劇に始まり、プーシキン、チェーホフ、ゴーゴリ、トルストイといった数々のロシア文学を通じて、人間の尊厳とは何かという大きな問いが浮かび上がる。

第2に今日生まれうる芸術について。古代ローマの浴場に集う貴族のように、金持ちたちが自分たちのことをご主人様だと考えている今日の世界で、芸術家は何を手がかりとすればよいのか。ソ連時代の芸術活動を振り返りながら、古代から存在する「演劇」という芸術を通して、ひとつの動きが生まれ、消えた歴史をみつめなおす。この流れはインタビューを行った半年の間に起こったプリゴジン氏の反乱と死亡という劇的な出来事と重ね合わされる。現在のあからさまなドラマチズムを背景にしながらも、なぜ我々の存在に対して希望を与えることが出来る本質的な作品が出現してきていないのかを問い、その出現を期待する。そして、若い作り手には〈自己表現〉と〈自己開示〉の違いを熱く語りかけ、今こそ生まれうる芸術があるのではと私たちに問いかける。

　第３にゴーゴリの『外套』の主人公、アカーキー・アカーキエヴィッチから、現代人にとって誰しも感じる「孤独」についても考察している。人との〈関わりあい〉について語る言葉からは、ノルシュテイン氏の人生哲学をも垣間見ることができるだろう。

　最後は戦争の終わりについて。ノルシュテイン氏に問うのは重いと思われる質問であったが、率直にその考えを語ってくれた。なお、文中には２つのスピーチを掲載している。１つはノルシュテイン氏がチェコのプラハ芸術大学で学生に向けて行ったもの、もう１つは２０１４年のクロック映画祭で行ったものである。２０１４年といえば、ウクライナ国内で武力衝突による政治騒乱があった年であり、ウクライナ戦争の本当の始まりの年とされる。これらのスピーチは、インタビュー中でノルシュテイン氏自らが言及し、引用していたものの全文になる。

本書では、ノルシュテイン氏の専門領域であるアニメーションそのものより、(ノルシュテイン氏の言葉を借りるならば)「自分の中に世界を集める」ことについて多く語られている。それは、自分と世界の対峙の仕方である。ノルシュテイン氏は先人の残した芸術や文学、自分をとりまく出来事から何を、どのように受けとり、そしてそれをどのように返したのか。そのたゆみなく織りなされる思索の一端に触れることは、混迷するこの世界において、私たちがどのように世界を集めていけばよいのかを考えるヒントになるのではないだろうか。

また、文中には日本に住む私たちからすると驚くような発言がみられるかもしれない。ひとつ言っておきたいのは、この本では、どちらが正しいとか、そういう答えを提示したり、意見をおしつけようという意図はまったくないことだ。

モスクワで暮らす一人の芸術家の声をきっかけに、互いに命を奪い合う世界が今再び現れているという事実を、いろいろな角度からみて、少しでもことの真相に近づきたいと願うのみである。引き裂かれた世界を前に私たちがどう生きるか、この世界をどうみつめていくのか、この本がなんらかの手がかりとなればうれしい。

（編集部）

注記

・本書の構成は内容に応じ、時系列どおりではなく、順番を変えている。

・インタビューの通訳は児島宏子氏が行い、文章化にあたって翻訳を鴻英良氏、毛利公美氏、守屋愛氏が行った。

・文中でノルシュテイン氏が度々呼びかける「ヒロコ」とは、通訳の児島宏子氏のことである。インタビューの雰囲気を伝えるため、あえて残している。

・訳注は〔 〕とする。

・数字表記の注釈は資料をもとに編集部が作成し、ソ連美術史、演劇についての項目の一部を鴻英良氏の協力を得て作成している。時事についてはできる限り慎重に調査したつもりではあるが、認識が至らない部分があるかもしれない。どうかご容赦いただきたい。

・表紙／『話の話』より

・p3／制作中のノルシュテイン氏／写真撮影：マクシム・グラニク

・p15／アトリエの風景／写真撮影：マクシム・グラニク

・p25／エスキース「子守唄」一部　1992-93／F.　ヤールブソワ

・p61／『霧の中のハリネズミ』より

・p109／『話の話』より

・p125／『外套』より

・p137／『霧の中のハリネズミ』絵コンテ

I　午前10時のモスクワから

――こんにちは、ユーリー・ボリソヴィチ。

こんにちは。

――聞こえますか？　今モスクワは午前10時ですか？

ええ、午前10時です。

――モスクワの天気はどうです？　ご気分はいかがですか？

たぶん今はマイナス12度くらい。17度か。マクシム〔マクシム・グラニク Maksim Granik ノルシュテインスタジオの撮影監督〕が言うには外はマイナス17度だそうだ。今、小鳥たちに餌をあげてきた。シジュウカラに種を撒いてやるんだ。さもないと凍えてしまうから。

――朝はどのくらい散歩をしましたか？

今は長くなかった。ほんの30分だ。このインタビューに遅れてはいけないと急いだのでね。

――ということは、昨晩は飲まなかったのですか？

昨日は飲まなかった。一昨日、サーシャ[1]とナターシャ・ペトロフ夫妻に会った。

――サーシャ・ペトロフはモスクワですか？

そうだが、今日ナターシャとヤロスラヴリに戻る。というのも、サーシャは国家賞の委員会のメンバーで、昨日その委員会の会議に出席したということだ。

――ペトロフは新しい映画を制作中と聞きました。どのような映画なのですか？

サーシャ・ペトロフが制作中の映画は〈アレクサンドル・ネフスキー〉[2]だ。チュド湖畔で外国の軍隊を破ったロシアの公だ。私が知っているのは〈アレクサンドル・ネフスキー〉で、ずっと制作している。エイゼンシュテインの『アレクサンドル・ネフスキー』。その主人公を今サーシャがやっている。

――わかりました。ありがとうございます。ミーシャ・トゥメーリャ[3]はサーシャを手伝っていますか?

もちろんだ。ミーシャは彼のところで…、なんだっけ? アニメーターではなく、彼は映画の技術パートをぜんぶ担当するスーパーバイザーだと。私にはピンとこない肩書だが。マクシムが言うにはスーパーバイザーだ。彼は技術全般の仕事をしている。アニメーターの仕事すべてだ。

――あなたが飲んだ時、ペトロフもいました?

一昨日のこと? 一緒に飲んだよ。ナターシャとサーシャ・ペトロフがいた。ミーシャ・アルダーシン[4]もいた。飲んだのは一昨日だ。私が感じるところでは――今のロシアにはなにかまとまりがなく、まるでロシアの西側と東側の間で…。

――それは、誰が団結がないと？　以前のように皆が集まる、そういうことがないということですか？

ロシアで何が起きているのかということを言うのは難しい。あなたが言いたいのはロシアとヨーロッパの関係か？　それとも国内のこと？

――国内です。

ここではもしかすると分離が起きているかもしれない。なにか内的な対話のようなことが。だが、この分離は1年前に始まった特別軍事作戦(5)に端を発する。だが、どう名づけたところで、これは戦争だ。双方の人々が死んでいる。だが、戦争を引き起こした原因については、なぜだかヨーロッパは思い出さないように努めている。2014年にウクライナで起きていたことも、ドンバス(6)やルガンスク(7)の自治領が銃撃や空爆を受けていたことも。これはとても複雑な問題だ。

ウクライナでファシズムが復活していることもなぜだか思い起こさない。ほかに言いようがない。私が言えることはこうだ。私の妻[8]フランチェスカ・ヤールブソワの父は戦った。ウクライナに展開する前線で彼は戦った。彼は工兵で、橋や渡し場を築く軍の専門家だった。何年も経って、彼はフランチェスカにこう言った。

〈覚えておけ、次のファシズムはウクライナから始まるぞ〉

その通りになった。彼らは復活し、殺人者を英雄に仕立てた。[9]ステパン・バンデラだ。彼らは彼を英雄に仕立てた。大統領のひとりがそれをやった。それがウクライナ社会の崩壊の始まりで、反体制派の人々への攻撃の始まりだった。ウクライナ紛争[10]はロシア語を廃止しようとしたために起きた。ロシア語はウクライナ語と並んで国の言語だったのに。そして、ファシストの部隊が作られた。そうとしか呼びようがない。今日、私たちが話すべきはこのことではないが、その結果、ウクライナはまるで腫れ物に触るように扱われ始めた。

申し訳ない。電話だ。用事があるので失礼。ウクライナについて話したが、これは難しいテーマだ。

――よくわかりました。

当然、国内で分断も起きている。軍の侵攻が必要か？　戦争開始が必要だったか？　人が死ぬのだから。いずれにせよ、私が言っておかなければならないのは、ヨーロッパは米国の言いなりということだ。米国はここで自分のゲームをしている。米国に必要なのは、ここの平和でも戦争でもなく、ここで腫れ物にくすぶっていてほしいのだ。わかるかな。腫れ物にずっとくすぶっていてほしい。ずっとあってほしい。わが国が戦争に金をつぎ込むように。ヨーロッパは米国と結託し、ウクライナに武器を送る。非常に危険な状況だ。これがどう終わるかと言うのはとても難しい。というのも…、こう言えるだろう。米国は人間の言語や人間の生活という観点からではなく、自国の利益だけを考えて発言する。ガスパイプライン[11]が爆破された。米国がノルウェイとやったともう証明されている。これは完全に国際規模の悪行だ。だが米国は自分がやったと認めない。皆、ロシアを指さし「ガスパイプラインの爆破はロシアに有利だ。ロシアが他国を非難するためだ」。だが違う。ハーシュ[12]というアメリカのジャーナリストが調査をして証明した。米国がノルウェイと一緒にやったと。国際規模のテロリズムだ。

世界で何が起きているか私は知らないが、だが、私にはこんな気がする。こうした言葉が私たちの会話に大切だろう。いいかい？　数千年かけて文化は創られる。数千年だ。2千5百年前にギリシャは途方もない文化の力で開花した。演劇芸術、エウリピデス、ソポクレス。これらは皆、大物で、皆、世界文化史に残る大物だ。その先は? レオナルド・ダ・ヴィンチ、ミケランジェロ、レンブラント、ベラスケス、レフ・トルストイ、スタンダール、セルバンテス。人類は文化的財産を創ってきた。人類が生き残るのを助けるためだ。人々が互いを知るためだ。今このように…。そうだ! ここに宗教も入れなければ。キリスト教、仏教。これらはすべて人間の生活の宝庫だ。だが誰もこれに注意を向けない。自分の利益ばかりに目を向ける。政治的な利益だ。誰が誰を打ち負かせるか、殺せるか。これはカタストロフィだと思う。これは人々が無知であることを示している。権力をもち、他人を殺す権利があると思っている人々の無知だ。私が言えることはこうだ。これは米国とヨーロッパにかなりあてはまる。とても難しい問題だ。

――私たちの国、日本も米国のグループを援助しています。私たちの国では皆が普通に暮らせるわけではありませんし、暮らしが大変な人もいます。でも今回の戦争を援助しています。ある意味においては、私たちも戦争に参加してしまっている。もはや、今回の戦争を非当事者としてみられる立場ではないと思います。前回お話しした折、『ウクライナ・オン・ファイアー[13]〈英題：UKRAINE ON FIRE〕』に言及されましたね。

〈ウクライナの火〉ですね。ある良い監督がウクライナに関する映画を作った。誰だったかな？　ベトナムの映画も作った人だ。オリバー・ストーンだ。きっとその映画の話だね。アメリカの映画監督オリバー・ストーンだ。

——そうです。

そうだ。彼はウクライナの映画を作った。でも誰も全部観ようとしない。まるでフェイクのように思っているが、あれはウクライナの真実だ。ファシズムも真実だ。突撃部隊を作ったのも真実だ。今やエーデルワイス(14)という大隊を創設した。そういう名のファシスト大隊があった。山岳地帯で戦っていて、エーデルワイスという名だった。その大隊は人々の殲滅に従事していた。子供までもだ。ギリシャで戦っていた。完全にファシスト大隊だった。そんな名を彼らはウクライナの大隊につけた。

ヒロコ！　誰も起こっていることの真実を見たくないのだ。いたる所で欺瞞が権利を謳歌すれば彼らには有利だ。権利が欺瞞に属するなど恐ろしいことだ。だから状況はとても悲劇的だ。大量の人が死を遂げている。ウクライナの兵士を含めてその死者はすでに10万人にのぼる。ロシアの兵士も亡くなっている。これが戦争だ。

――よくわかりました。では私たちのテーマに移ります。では始めますか？

どうぞ。

II

『話の話』からみえること

ギリシャの悲運とゴッホ

――ノルシュテインさんの『話の話』[1]のシーンの中には、若者とか恋人たちが徴兵されて、戦死の報せが届いている、というシーンがありますが、今まさにあの映画と同じようなことが起きています。ノルシュテインさんが40年以上前に作ったそのシーンが、今まさに進行しているということに対してどんな風に思われますか?

残念ながら私の『話の話』は最近上映されていません。もう忘れられてしまったのだと思います。『話の話』にはいろいろなテーマがありますが、人生は非常に単純な概念からできあがっていると理解するために、どれほどの代償を払わなければならないか、それが重要なテーマです。でも今は全てがお金の概念に取って代わってしまった。お金があるものが権力を持つ。私にとってそれは悲劇です。悲劇的だと感じていますが、その悲劇はいわばギリシャ的なものです。ギリシャの悲運という概念があって、エウリピデス、ソポクレスなど、古代ギリシャの作家たちが書いています。今は世界中にギリシャの悲運が広まっています。どうすれば克服できるのかはわかりません。政治家は本を読まないし、芸術に触れず、音楽も聴かない。ただ芸術がわかったふりをしているだけです。核兵器使用もあり得ると聞くと、私はぞっとします。人類が何千年かけて作ってきたものが無に帰するかもしれない。彼は気にしないのです。レンブラントや北斎や芭蕉、ベラスケス、アイスキュロス、ミケランジェロ、ラファエロもすべて消えてしまう。政治家たちに聞きたい。消えてしまっていいと思っているのかと。この広大な宇宙で生まれたすべてのものが、生命という名の神秘的なものを含むあらゆるものが消えてしまうかもしれない。核のボタンを押すかもしれない一人の愚か者のせいで。

　ウクライナの問題について言えば、ウクライナはまず文化を根絶させた。言語は文化の担い手であり、文化は言語の担い手です。音楽の言語、文学の言語など、いろいろな言語があります。本棚に並んでいる本よりも何百年も前から人は文化をはぐくんできた。それが理解できないから簡単に人類に制裁を与えられるのです。今回の戦争は避けられなかった。西側が答えをはっきり示さなかったからです。ロシアの国境にＮＡＴＯの武器を近づけるかどうか。ウクライナは単なる道具です。ウクライナ自身ではなく、西欧やアメリカがロシアに敵対するための道具です。状況の悲劇性はそこです。ロシアは軍事作戦を続けるよりほかに方法がなかった。しかし、それは悲劇です。膨大な数の兵士が死んでいる。ウクライナの兵士もです。

　私は不思議なのです。ウクライナ兵の母たちは、なぜ[2]ゼレンスキー大統領に反対デモをしないのか。大統領は安全なシェルターで兵士たちをどんどん前線へ送り込んでいる。犠牲者の数は増える一方です。大統領は自分がナポレオンでいたいだけです。彼の背後には人形遣いがいる。ヨーロッパやアメリカの人形遣いです。彼らは一度も本を手に取ったことがないような顔をしている。本物の音楽を聴いたこともない。聴いたとしても単なる娯楽としてで、芸術の本質はそれとは全く違うものです。それを理解したければ[3]ゴッホの書簡を読むといい。私にとって最も大事な親書、ゴッホの姿を借りて送られた人類から人類への親書です。この書簡を理解できないなら、芸術を理解することもできないでしょう。

　現在の情勢にギリシャの悲運を見ると言いましたが、それは始めたら最後、戦争は止めることができないからです。長く続く悲劇的な性格を帯びてしまった。悲劇的な非可逆性とでも言えばいいでしょうか。今回の戦争を始めたのはゼレンスキーではなく、[4]ポロシェンコです。彼が[5]町を爆撃した。自国の町をです。実際に爆撃したんです。自国の国民に向けて。ルガンスク、[6]ドネツクなど東部の国民に対する冒涜です。全てはそこから始まりました。ゼレンスキーは平和主義者として大統領選に出ました。自分が解決すると言ったのです。しかし彼は怖気づいてしまった。何度でも言いますが、大統領は教会の司祭と同じく、臆病者であってはならない。しかしゼレンスキーは臆病だった。つまり卑怯だった。そして彼はルガンスク・ドネツクが〈ウ

『話の話』絵コンテ。
残された女性たちの元に戦死の知らせが届く。

クライナ政府に〕従属することを求める側に立った。そういうことです。だがどんな民族も服従は望まない。服従は隷属と同じだからです。21世紀にもなって人を奴隷にするなど恥ずべきことです。残念ながら、西欧はこのことにまったく関心を払いませんでした。

――ゴッホの親書について、もう少しお話を聞かせてください。我々人類はゴッホの親書から何を読みとるべきでしょうか。

ゴッホが日記に書いているのは絵画のことだけではありません。芸術のもつ巨大な力についても書いています。彼は人類の共同体の中での出来事として文化を捉えています。ゴッホは印象派のさらに先を行った。印象派の関心は、色彩を瞬間において捉えることでした。彼らはその瞬間を巧みに捉えました。マネなどの画家たちです。しかしゴッホはそれを理解したうえで、その先へ行った。彼は17世紀や18世紀の古典に立ち返りました。日本文化からも多くを取り入れています。ゴッホはそれらをひとつに融合させましたが、そこから得た結論は別のもので、色彩を伝える方法に感嘆しただけでなく、絵画の中に生そのものの偉大さを見たのです。だからこそ単純な手法で風景や人物や静物画を描いた。

『靴』という作品があります。古い靴が描いてある、チャップリンが一番好きだった絵です。なぜかというと、古ぼけた靴はチャーリーという登場人物の一部だったからです。単純な事物の中に彼は世の中の生を見ていた。それが最も大切なことです。

『ジャガイモを食べる人々』という初期の作品では、食卓を囲む人々はみな同じ目的を持っています。ジャガイモを手にもって食べているのですが、それがその人にとって最も大事なことなんです。別の誰かにとっては靴を作ることが人生で最も大切なことです。

どんな人にも大切なことがあります。幼い子供にとっては積み木を落ちないように重ねることが一番大事な哲学だったりする。それを理解しようとしない。芸術の中に「お金」しか見ようとしていないのです。どこかの金持ちが本物のゴッホを持っていると言われたら私はこう答えます。

「その人は芸術が何もわかっていない」

大事なのはその人が壁にかかったゴッホの絵を前に何を打ち明けるかで、絵を前に語ることがないなら何の意味もありません。ゴッホだろうとレンブラントだろうと同じなのです。

オクジャワ[7]がこんな詩を書いています。〈黒い川〉というのはプーシキン[8]が決闘で亡くなった場所です。先に説明してから詩を読みます。〈марать《マラーチ》〉という単語は〈書く〉という意味です。ペンで紙の上に書き散らすという意味です。ではこれから詩を読みます。プーシキンの運命について重要なことを語った詩です。こんな詩です。三人称で書かれています。

彼はパチパチ爆ぜる蠟燭の下で
要らないことを書き散《マラーチ》らすことだってできた
「黒い川」で死ぬ理由が
彼にはあったのだ

〔オクジャワの詩《Счастливчик Пушкин「幸せ者プーシキン」》（1967）より〕

わかりますか？

彼はパチパチ爆ぜる蠟燭の下で
要らないことを書き散《マラーチ》らすことだってできた
「黒い川」で死ぬ理由が
彼にはあったのだ

この詩を選んだ理由を説明しましょう。オクジャワは思い付きで書いたのではありません。〈「黒い川」で死ぬ理由が／彼にはあったのだ〉。プーシキンは自らの尊厳を守るために決闘に出向いた。どうやって尊厳を守るべきかを示すために。

ウクライナではプーシキン像が倒されました。ゼレンスキーが指示してやらせたのです。プーシキンはそのような蛮行に逆らえません。プーシキンはピストルを持っていないのですから。これこそウクライナの野蛮性です。壊されたのはプーシキン像だけではない。ゼレンスキーは全く取るに足らない人間です。

確かに以前は才能ある役者でした。愉快なコメディを書いたり演出もしていた。確かに才能はありますが、最も大事な才能が欠けている。人格に欠けているし他人の人格を尊重しない。彼だけじゃなく多くの人が同じです。

真実を直視できない人々の臆病さが今のような恐ろしい悲劇を引き起こすのです。

国家の礎を作るもの

――現在、芸術の力がないがしろにされているように感じています。アートも金融商品としてみなされるようになってしまいました。

日本政府にもロシア政府にも文化そのものにもっと配慮してほしいですね。予算もつけてほしい。文化を担う芸術家はお金がないと生きていけませんし、文化がなければ国は存在し得ず野蛮になります。どんな国にでも起こり得ることです。もしかしたら奇妙に聞こえるかもしれませんが、私たちは生きているんです。夜には酒やウォッカも飲みますし、お喋りしたり空を眺めたり。私たちは生きていますが、本当の生は失われる。わずかな確率であっても、世界戦争の可能性に脅かされればです。すでに脅かされています。そしてそのことに慣れていかなければならない。それが最も恐ろしい。

残念なことにお金が文化を支配しています。マスカルチャーです。そして大衆文化はコンピューターゲームでさえも目の前にいる人間を敵として殺すことを教える。すると現実に人は殺すことに慣れてしまって、1人の人間を殺すことなど何でもないと感じるようになる。しか

『アンギアーリの戦い』（1603年／ペーテル・パウル・ルーベンス）
ルーヴル美術館 Photo © GrandPalaisRmn (musée du Louvre) / Michel Urtado / distributed by AMF-DNPartcom

し世界の文化はずっとそれに対抗してきたのです。
ダ・ヴィンチのフレスコ画を思い出してください。ルーベンスが模写した『アンギアーリの戦い』[9]です。何かのために戦う戦士がどんな姿になるかを描いています。人間らしさをすっかり失い、残るのは獣性だけです。人間は獣のような存在になってしまう。こうならないためにも国は文化にもっと配慮すべきです。国家の礎を作るのは文化だ。私が言いたいのはそういうことです。

——このような状況で、我々が今、読むべき本や触れなければいけない芸術というものはあるのでしょうか。

読むべき本はたくさんあります。それだけの問題ではないですが、名前を挙げることはできます。ロシアの本だとトルストイ[10]の『セヴァストーポリ物語』や『ハジ・ムラート』、プーシキンの『大尉の娘』もロシア文学の重要な作品です。しかし私が大事だと思うのは人がどう感じるかです。世界で起きていることに自分も関わっていると感じるべきです。そう感じるためには、ただ読んだり見たりするだけでなく、自分でも何かを作り出せなければなりません。なすべき仕事はそれぞれで、作家は小説を書くし画家は絵を描きます。職人は物を作り出す。子供は自分の手で何かを作る時、その間に人格が形成される。

作品を作っている時、誰かを傷つけたいとは思いません。自分の作ったものを誰かに見てほしいと思うだけです。人と人との戦争などという考えは起きないはずです。人と人との会話だって作品と同じです。会話によって人は他の誰かに対して開かれるからです。第二次大戦中に敵同士の友情が生まれることがありました。とくに新年の前です。それをテーマにした素晴らしい映画もあります。『幸せなクリスマスを』〔おそらく『戦場のアリア（ロシア語題：Счастливого Рождества）』（2005／監督：クリスチャン・カリオン）と思われる。〕という映画です。

敵同士に友情が芽生えます。仏軍兵にとっても、独軍兵にとってもクリスマスは同じです。クリスマスを通し敵兵も同じ人間だと感じるのです。とても大切なことです。他者に対する優越感が消えて、他人ではなく自分自身に対する尊厳が高まること、それが戦いをやめる最初の一歩になります。戦争もなくなるかもしれない。他の誰かでなく、自分自身に対する尊厳が大事なのです。

――『話の話』に戻りますが、ナポレオン帽をかぶる少年のエピソードがありますが、これとさっきの戦場に行く兵士たち、これらはきっとナポレオン戦争、祖国戦争[11]ですね。それからそのあとの第二次世界大戦における大[12]祖国戦争、という2つの戦争のイメージがあると思うのですが、これらの戦争と、今の戦争と、どのような違いがあるのでしょうか。

男の子は父親の真似をしているんです。父親は勝者なのでナポレオン帽をかぶっています。男の子も勝者です。母親に対する態度を見るとわかります。母親の手を振り払って邪魔しないでくれと命じる。小さなナポレオンです。このシーンは支配者誕生の瞬間を一家族を例にして描いています。

今の戦争とこれまでの戦争との違いはあります。第二次世界大戦では西欧の多くの国が対戦しました。ロシア側の国もドイツ側の国もあった。ところが今回はすべての国が反ロシアです。それは悲劇的なことです。彼らが望んでいるのはロシアが勝つことでも負けることでもなく、ロシアを弱体化させることなのです。もっと重要なのは、彼らはロシアとウクライナの国境地帯で起きた傷を決して癒えさせたくないということです。大砲や銃や兵士の犠牲によって、傷口を常にかき回している。ロシアとウクライナの経費を使ってです。1万キロ離れたアメリカにとっては他人事です。戦争に関わっている他の国もお金を出しているだけで、死ぬのはウクライナ人です。

グルジア〔ジョージア〕はロシアと戦わないかと持ち掛けられました。援助するから戦争を始めたらどうかと言われたのです。グルジア〔ジョージア〕は断りました。金は出すかもしれないが、死ぬのはわが国の若者だからそんなことは決してしないと。要するに彼らはロシアを四方から取り囲もうとしている。中央アジアのほうからもです。バイデンがアフガニスタンに大量の武器を残したのはなぜか。ロシアに向けさせるためです。

つまり状況はまったく別なんです。一つの国に多数の国が敵対している。それらの国は多額の資金をウクライナに投入し、ウクライナはそれを自国の若者の死であがなっている。それが前の戦争とは異なる点です。この状況は長く続くでしょう。この戦争は消耗戦です。金や兵器がなくなったら戦争は終わるでしょう。そして満足するのはアメリカやフランスやドイツですが、違う道も選択できたはずです。次の世界戦争を始めるのではなく。

――日本も戦争に加担しようとしています。私たちも困ったことだと思っています。

日本がウクライナを支援するのは憲法違反ですよね。

――日本政府はその憲法を変えようとしているのです。

これは大きな悲劇の始まりのように思います。日本は米軍と合同演習を始めたという記事を読みました。緊張が高まるかもしれませんが、またしてもアメリカだ。ヨーロッパでも中央アジアでも、日本でも、そして今は台湾でも、得をしているのはアメリカだけです。アメリカはそれで金儲けをしているのです。

文学と人間の尊厳　プーシキン・ゴーゴリ・チェーホフ・ドストエフスキー

――ノルシュテインさんは『話の話』の詩人について、「私にとって詩人とは世界が集約された存在です」「世界のあらゆるものを含めた高度なハーモニーです」と語っています（『ユーリー・ノルシュテインの仕事』〈2003／ふゅーじょんぷろだくと〉より）。世界を象徴するものを〈詩人〉とするならば、文学からこの世界の状況を読み解く手がかりが見つけられるのではないかと感じています。ロシアの作家たち、トルストイ、プーシキン、ゴーゴリ。[13] これらの作家の作品を、

『話の話』より。詩人と猫。

今どのようにして読むべきでしょうか。
　プーシキン、ゴーゴリ、トルストイ、チェーホフ[14]についての質問だね？　私にとって彼らの作品は永遠に不滅だ。それは、ずっとトルストイの小説を読み返しているという意味ではなく、私の記憶に文学の道が残っている。まさに道だ。なぜ私がいつもプーシキンに立ち戻るかというと、それはプーシキンが人生の意味を明らかにしたからだ。たいてい、「高潔」とか「尊厳」とか「人間の誠実さ」と名づけられる単純な行為によってだ。そのために決闘もした。これは今日とても大切だ。なぜなら、資本主義はこれらの概念をすべて取り去る。これらの概念の代わりに金を置く。何が何でも金、何が何でも勝利、敵に勝利する、邪魔にみえる相手に勝利する。このすべてが、のちに一連の犯罪を引き起こす。プーシキンが語るのは別のことで、いちばん大切なことだ。彼はどこでもいちばん大切なことを語っている。プーシキンが死について語るなら、彼の生はいつも死と隣り合わせだ。彼はこう言う。

若い命は 棺の入口で
遊べばよい
無関心な自然は
永遠の美しさで輝け

〔プーシキンの詩《Брожу ли я вдоль улиц шумных…「私が騒がしい通りを歩くときも…」》(1829) より〕

彼は難解な哲学や人生の弁証法を簡単な概念に変換してしまう。〈若い命は遊べばよい〉と。これは彼の大切な公理であり、大切な生の歩みだ。いつもそう言っている。彼が秋を語るならこう言う。

私は自然の豪華な枯朽が好きだ

〔プーシキンの詩《Унылая пора！Очей очарованье！「憂鬱な季節よ！瞳の魅力よ！」》（1833）より〕

〈豪華な枯朽〉――プーシキンしか言えない。これ自体驚くべき詩作だ。〈豪華な枯朽〉――これは並外れた響きがする。そして、もし幸福について語るなら、プーシキンは言う。

誰にも弁明などせず
己のみに奉仕し 己を喜ばせよ
権力のため 身なりのために
良心も信念も首も曲げてはならぬ
気まぐれにあちこち彷徨い
自然の神々しい美しさに驚嘆す

〔プーシキンの詩《Из Пиндемонти「ピンデモンテの詩より」》（1836）より〕[15]

あとでこの詩を送ろう。これは素晴らしい。詩に短くまとめている。これが幸福、これが権利だと。彼が人生を語るなら、彼は憧れを語った。田舎へ行き、座して仕事をし、創作活動をする。彼の表現はとてもシンプルだ。それは執筆で、それは創作で、それは宗教で。それは家族で、それは創作で、それは宗教で、死だ。ただ理解するだけ。彼の態度はシンプルで豊かで哲学的だ。彼にとって重要なのは、人間の尊厳で、どんな状況でもそれを守ること。これがそもそも芸術の大切な特性だと思う。だから特別なのだ。

もうひとつ大切なことがある。私はプーシキンをすぐそばに置いている。彼の晩年にある詩があって、その詩でホラティウスを模倣している。彼はホラティウスがとても好きだった。ローマの詩人だ。だが彼は…なんというか、驚くほど自分を理解していた。自分が何者か理解していた。プーシキン自身がだ。素晴らしい物語があって、ここに中心となる詩の一節がある。

私の噂は偉大なルーシ[16]全土に広まり
その言語すべてが　わが名を呼ぶ

〈暮している民族すべて〉という意味だ。国でどれだけの言語が話されているかというのは、つまり民族のことだ。
彼はこう書いた。

私の噂は偉大なルーシ全土に広まり
その言語すべてが　わが名を呼ぶ
スラヴの誇り高き孫も
フィン人も[17]
いまは野蛮なツングースも
ステップの友　カルムイクも

〔プーシキンの詩《Я памятник себе воздвиг нерукотворный「私は自らの神業のような記念碑を建てた」》（1836）より〕

構想の壮大さがわかるだろうか? 〈ステップの友 カルムイクも〉だ。最近、ある人が私のスタジオに来た。モスクワの監督学部で学んでいる人だが、まさに〈ステップの友 カルムイク人〉だった。私は言った、「ねえ、君も、もちろん、うれしいだろ。プーシキンがすばらしい偉大な詩のなかでカルムイクに言及していて」と。もちろんだ。あの詩はカルムイク女性に捧げられている。彼には人間の暮らしがいちばん大切だった。これが彼のなかでとても重要なのだ。突然、あらゆる人のあらゆる行動や振舞いへの関心がこのように目覚める。人間は高位高官では比べられない。個人として、暮らしに関心ある者として、何者なのかによって比べられる。だから〈ステップの友 カルムイクも〉となるのだ。これには本当に驚かされる。こんなにシンプルで、構想はこんなに壮大だ。だからプーシキンはまったく特別な話になる。彼の詩行を思い出さない日はない。いつも読んでいるし、たくさんそらで言える。私にとってこれは幸せだ。彼は私にすでに馴染みの詩行でも新しい意味を気づかせてくれる。だが、それが詩の特徴だ。

——ありがとうございます。続いてゴーゴリについてお聞きできますか。

次はチェーホフとゴーゴリについてだ。私にとって彼らは一見まったく異なる作家だ。ゴーゴリはとても鋭い比喩的な言葉を使う。ゴーゴリは私にとってもっとも偉大な作曲家だと言える。音楽性という意味で、文学界において偉大な作曲家だ。私は、時々、彼の文章を楽譜に書き写せるように感じることがある。彼は信じられないほど音楽的だ。音楽は人類の歴史上、神秘的な芸術のひとつ。そして彼の音楽は20世紀のラテンアメリカ文学の栄養源となった。我々の有する文学はすべてニコライ・ワシリエヴィチ・ゴーゴリから生まれた。優れた翻訳があったのだろう。ゴーゴリは人間の魂の特性について、驚くほど強い洞察力を持っていた。信じられないほど。これが言葉の音楽、要するに詩に変換されて、彼は自分の作品『死せる魂』を物語詩と名づけた。それには理由がある。彼は常に念頭にホメロス、イリアス[18]、オデュッセイア[19]があった。だから物語詩と名づけた。だが彼の作品は実際散文で表現された詩だ。どんなに悲劇的なものであっても、彼のこの音楽的な点はいつも強い。だから、私は自分がよく知っている詩行を何度も読み返すことができ、毎回新しい満足を覚える。目で詩行を追うのが、まるで音楽の譜面を追うようだからだ。それが私にとってのニコライ・ワシリエヴィチ・ゴーゴリだ。今、引用はしない。もちろん彼の作品をたくさん引用できるが、きっと、その必要はないだろう。

だが、やはり彼も多くを予見していた。プーシキンが書いたテーマまでも散文のなかで予見していた。驚くべきことだ。芸術はこう言うことができる。芸術は常にいくつかの道をたどる。詩は音楽に反映できるし、音楽作品は詩に反映できる。言葉による作品は絵画に反映できる。この驚くべき反映を私は〈芸術内部の反響《エコー》〉と呼んでいる。それらはまた偉大さを物語る。作家が様々な芸術に込める意味の偉大さだ。文学や絵画にだ。私は本にも書いたが、たとえば文学のゴーゴリと、フェドートフ[20]を知っているか？　絵画を描いたフェドートフだ。ふたりは平行な道をたどった。とはいえ、フェドートフは自分の絵画作品を描いたわけだが、それがすでにニコライ・ワシリエヴィチ・ゴーゴリの文学に書かれているとは考えなかった。だが、なぜ彼らがチェーホフと共通点をもつのか、それは驚くべきことだ…。

――以前、チェーホフの作品がとてもお好きだと聞きました。その言葉からチェーホフについて始めていただけますか？

もちろん。ちょうどチェーホフの話をしようと思った。ゴーゴリとチェーホフには隠れた繋がりを感じた。ある断片のなかに、音楽的な断片のなかだ。ゴーゴリはこう書いている。彼の作品に『狂人日記』があるが、そこで書いている。主人公の日記のように書かれている。主人公はポプリシンで、ゴーゴリは主人公の日記として書いた。日々の手記のなかで主人公はどんどん新しい性質を見せる。彼は自分をスペイン国王と思い込む。彼は徐々に正気を失っていくわけだ。自分をスペイン国王と思い込み、精神病院に連れて行かれるのをスペインに連れて行かれるように思う。これがすべて悲喜劇のジャンルで書かれている。だが、私に言わせれば、ポプリシンの最後の日記、あるいは最後の手紙はリアルだ。彼は自分に何が起きているか突然気づく。人生がどんな恐怖に彼を引き込んだか。そして彼は書く。ちなみに、当時の治療は恐ろしいものだった。人の頭を締めつけて、頭を剃り、そこに冷水をかける。恐ろしい拷問だ、恐ろしい。彼は最後の文章でこう書いた。最後の日記に書いた。

なんてことだ！
頭に冷水をかけるとは！
私が彼らに何をした？
お母さん！
駆馬の三頭馬車《トロイカ》をくれ

乗れ わが御者よ！
鈴を鳴らせ
私をこの世から遠くへ運べ！　もっと遠くへもっと遠くへ
何も 何も見えないように

続いてゴーゴリは書いた。

青灰色の霧が立ち込める

そして次の文句が続く。

霧のなかで弦が鳴る

わかるかな。私はこの句に衝撃を受けた。世界文学でもこれほどのものはなかなか見つからないと思う。〈霧のなかで弦が鳴る〉だ。

文学は具体的な概念であり、具体的に語る。だが同時に文学は一般化する。なぜなら、言葉自体が一般化するものだから。文学は具体的ではありえない。具体的なのは絵画だ。音楽はまったく具体的な芸術ではない。具体的でないことが音楽を高めているが、音楽は魂の正確な気分を伝える。まるで人間の魂が楽器で、音楽はこの楽器を調律するかのようだ。この響き〈霧〉、〈霧のなかで弦が鳴る〉は、まるで強大な楽器のようだ。間を入れよう。訳してください。ヒロコ、あと少し時間をください。言い終えてない。

なぜ私がこの句〈霧のなかで弦が鳴る〉を言ったかというと、チェーホフにこんな卜書きがある――〈切れた弦の音〉。切れた弦の音…切れるだ…。引っ張られて切れた、〈切れた弦の音〉。こんなふうに弦をぴんと張ると切れる、そういうことだ。わかったかな?

――わかりました。興味深いです。

〈弦の切れた音〉と書かれている。庭園での幕でチェーホフにそんな卜書きがある。私はこう書いた。ゴーゴリの霧のなかで鳴っていた弦が――チェーホフの戯曲で切れた。

——面白いです。

ここに繋がりがあるんだ。正しく理解したかい？　彼の作品に書いてある。幕が進行中で、たぶん『三人姉妹』[21]〔正しくは『桜の園』〕だ。そこで出来事が進んでいて、どこかで楽団が演奏している。その後、彼は書く、〈弦の切れた音〉と。切れた、断たれた。だから私は書いた。ゴーゴリの霧のなかで鳴っていた弦は——チェーホフで切れたと。ちょうど今マクシムと『三人姉妹』だと話していた。それはとても大切なト書きだ。今あなたたちが訳しているときマクシムと話していた。マクシムは『ハムレット』を思い出した。そこにこういう句がある。〈日々を束ねる糸が切れた〉。〈切れた〉だ。この断片をどうつなげるか。

チェーホフの詩学のすべて、彼の散文、彼の偉大な著作、短編小説、彼の文体、それらすべてが引き裂かれた人生の上に成り立っている。互いに道を見つけられない。だから愛は潰え、関係は壊れる。人は他人を理解するのをやめる。というのも…、どこかで読んだが、今日、戯曲の出版部数がとても多い作家はふたりいるという。1位のシェイクスピアと、チェーホフだ。彼は自分の戯曲が後世も上演されると思っていなかった。〈10年したら私は忘れられる〉と彼は言っていた。もう百余年経ったが、チェーホフの戯曲は上演され続けている。チェーホフの戯曲には何かがある。チェーホフは何かを明らかにする。人が自分自身に認めたくないものをだ。そもそも、それをするのが世界芸術だ。人は何かを認めるのを恥じるが、芸術がそれを語る。『ドクトル・ジバゴ』が強く言っていたことだった。

——ありがとうございます。ドストエフスキー[22]はいかがですか。

いいですか、もちろんドストエフスキーは読んだが、時が経つにつれ、なぜだか…ひょっとしたら、そういう時期なのかもしれないが、今の私にはチェーホフやプーシキンの方がずっと興味深い。ドストエフスキーはとことん突き詰めようとするが、そもそも、うまくいった者はほとんどいない、いや、誰も成功しなかった。芸術はべつの範疇で人の心に触れなければならない。芸術は人に強い感情体験を与えもする。だが、それは、人が存在の本質を最後まで解明できるということを意味しない。だが、感情を体験すること自体、芸術の大きな力であると思われる。だから、私が興味を持っているのは他の作家たちで、彼らの作品では感情体験がもっと簡潔に力強く伝わってくる。残念ながらドストエフスキーは今日非常に多く悪用されている。

彼のいくつかの仮説を覚え、いつでもどこでも引用する。それでも人は良くならない。つまり、私が言いたいのは、ドストエフスキーにはこういう前提がある。神…悪魔と…、そうだ!

ここでは悪魔が神と戦っている　その戦場は人々の心

〔『カラマーゾフの兄弟』より〕

ドストエフスキーにとって、これは考え抜いた言葉で、人生の出来事そのものが染み込んだ言葉だ。誰かが単にこれを引用すると、ドストエフスキーがこの言葉に込めた意味がなくなってしまう。その点、チェーホフには人生のルールとなりえる完成した公式は見いだせない。チェーホフにはそういうものはない。あるのは悲しみで、その原因は、奇妙なことに、人は幸せな空間に自分を見いだせないことだ。誰が邪魔をしているのか。自分自身が邪魔をしている。ドストエフスキーにこんなフレーズがある。イワン・カラマーゾフが言う。

調和の基礎が子供の涙で築かれるなら　私は受け入れない

〔『カラマーゾフの兄弟』より〕

だが、地上でどれほど涙がこぼれたか。しかも小粒の涙ではない。一生のうちに川ほども涙が流れている。だが、そこから結局何の結論も出ない。だから、なにが子供の涙だというのか。ところが〈子供の涙〉はどこかしらで引用される。たとえば国会で、まさに代議士たちによって。たいてい無学な輩だ。この意味でドストエフスキーは注意深く読まれるどころか、悪用されることが多い。

チェーホフを読むのはもっと難解だ。なぜなら、彼には既成の前提がない。ただ出来事があり、その内側で、極度に緊張したチェーホフ的な響きが伝わってくる。彼の『大学生』[23]という短編を思い出してほしい。私の好きな短編のひとつだ。たった3ページだが、1千年2千年について語っている短編だ。とても短い短編だ。私にはそういう短編の方がずっと多くの発見がある。ドストエフスキーの会話を追えば、無論、素晴らしい内容だ。すでに知っていても読むたびにロゴージンとムィシキン公爵の会話はどうなるのかと身震いする。彼がどの道を進むかに驚嘆する。だが短編『大学生』にはもっと驚嘆する。

トルストイ　富める野蛮人の心理

――よくわかりました。ありがとうございます。トルストイについてはどうお考えですか？

トルストイについては、最近は彼の短編をよく思い出す。もっとも、長編の断片がふと頭に浮かぶこともある。超大作『戦争と平和』の主人公たちの言葉も。だが、よく思い出すのは短い短編で、それらの作品は時代の心理をとても的確に反映している。富める野蛮人の心理を。つまり自分を人生の主人と思っている野蛮人だ。人は教養があって数か国語を話すかもしれないが、だが、やはり内面の本質は野蛮人のままだ。そばで営まれている生活に興味がないのだから。私にはそれが大事だ。そういう短編で『舞踏会の後』がある。悲劇的な話、より正確にはドラマチックな話だ。小説で語られるのはひとりの美しい将軍と若い男で、男は将軍の娘と婚約をしていた〔正しくは婚約ではなく恋をしていた。〕。舞踏会で将軍が娘と踊る様子に若者は感嘆する。そのあと、ドラマチックな結末、ドラマチックな大団円がある。青年がロマンチックな気持ちで町を歩いていく。ある場所に出ると霧の中で誰かの命令が聞こえる。出たのはどこかの練兵場だ。練兵場は広い場所だ。２列に並んだ兵士たちの間をひとりの兵士が追い立てられている。ロシア的発想だと思うが、兵士の上半身を裸にし、両手はライフル銃に縛り、2列の兵士が両側からライフル銃を引っ張る。そして背中を濡れてしなる枝で打つ。そうして兵士は何度も何度も打たれて歩き、終いにはもう死んでしまう。彼は生き残れない。指揮していたのはあの将軍だった。将軍の踊る様子、彼の美しい様子に感嘆し、「なんと美しかったことか」とフランス語で話していた若者は、将軍と目があう。彼は将軍と目があい、将軍もその若者に気づく。このように一見単純な話だ。しかしその意味はなんと深いことか。なんと奥深い。だからトルストイの短編作品に目を向けることが多くなった。それらは今日の実生活にとって信じられないほど生産的だ。それらは人類にとって、とても大事な出来事を語っている。

彼の書簡を読むのも私は好きだ。トルストイの記録的な手記も、彼の長大な小説の個々の登場人物もよく思い出す。というのも、彼の作品では、個々の登場人物が、人類の個々の部分であるから。

『戦争と平和』にトゥーシンという登場人物がいる。良い名字だ。短くて砲声のようだ。トゥーシン。彼は砲兵隊の指揮官だ。トルストイが描くこの大尉は、ごくごく平凡な風采で美男子でもない。英雄でもない。砲兵隊を指揮する様子、軍人らしく軍人の仕事を整然と遂行する様子を描いている。それが小説の中では些細な人物に思える。主人公は別にいる。ピエール・ベズーホフとアンドレイ・ボルコンスキーとナターシャ・ロストワだ。重要な主人公たちがいるが、彼は些細な人物だ。だが、この些細な人物が私の中に大きな感情の高揚を呼び起こす。だからアカーキー・アカーキエヴィッチやチェーホフの登場人物が、感情の高揚を呼び起こすのも偶然ではない。これがトルストイ作品に対する私の見方です。
　そうだ、『ハジ・ムラート』[24]は完全に別物だ。あれは壮大な話で…、ヒロコさん、全部訳した？最後まで話したい。

——はい、終わりました。

　トルストイの話を締めたい。私にはもっともよく引用するトルストイ作品がある。小さな本で最後の中編小説『ハジ・ムラート』だ。そう『ハジ・ムラート』だ。ずいぶん前のことだが、私は読者に短いメッセージを書いた。この本を書店で販売するにあたって、私は店長から読者への短いメッセージを頼まれた。こんな風に書いた。私は『セヴァストーポリ物語』についても、もちろん沢山語れる。だが『ハジ・ムラート』についてこう書いた。あとでマクシムにテキストを送ってもらう。こうだ。

この本の著者がロシア人作家であるからこそ、偽りの愛国主義症候群から逃れたい人は皆これを読まなければならない。レフ・トルストイは、ギリシャ的な宿命の視点から、文学的な媚を抜きにして、ナイーブで英雄的な魂の行き詰まりを『ハジ・ムラート』で語った。人間のどんな行為であれ、権力や政治的陰謀に陥ると、行き詰まる。本書で語られているのは、家族、妻、子供、昔の歌といった単純な人間の価値観は、個人的な権力欲や、いかなる権力下での生活とも結びつけることはできないということだ。

しかし、いかなる希望も残されていないとき、尊厳ある英雄的な死という選択がある。文学的な完成度、すなわち、行動が単純明快であることに驚かされる。

もし今日の政治家たちが本当に平和を望み、権力に私利私欲を求めないのであれば、『ハジ・ムラート』は彼らの机上の本となるべきである。

このテキストを必ず送ります。

Именно потому, что автор этой книги – русский писатель, ее нужно читать всем, кто хочет избавиться от синдрома ложного патриотизма.

С позиции греческого рока, минуя литературное кокетство, Лев Толстой рассказал в «Хаджи-Мурате» о тупиковости для наивной и героической души любого человеческого деяния, если оно попадает в условия власти и политической интриги.

Эта книга о невозможности соединить простые человеческие ценности - семья, жена, дети, древняя песня – с жаждой личной власти и жизнью под какой-либо властью.

Но когда не остается никакой надежды, есть выбор достойной и героической смерти.

Литературное совершенство, то есть простота, с которой следится действие, ошеломляет.

Книга «Хаджи-Мурат» должна быть настольной для нынешних политических деятелей, если они действительно хотят мира и не отыскивают во власти свой личный интерес.

Юрий Норштейн.

ノルシュテイン氏から送られた
『ハジ・ムラート』についてのテキスト

III　今日生まれうる芸術

ソ連時代の芸術活動

――ソ連時代は芸術への検閲などが強かったと思います。そのような状況で、当時のノルシュテインさんと同時代の芸術家たちとの交流はどのようなものであったか、話していただけますか。

ソユーズ・ムリト・フィルム(1)に来て仕事をしていた人たち以外は個人的な付き合いはありません。その人たちはスタジオに呼んだりしていますがね、あなたたちも知っているアンドレイ・フルジャノフスキー(2)とか。しかし、後になって、60年代の芸術家たちと知り合いました。素晴らしい画家たちでした。名前も言えます。アンドローノフ(3)、ニーコノフ(4)、クズネツォーフ(5)、それにユーリー・ヴァスネツォーフ(6)ですね、絵本画家の。まったく素晴らしい画家です。絵画とは何かを本当によく理解していた。パーヴェル・ニーコノフはいま91歳か92歳ぐらいですかね。パーヴェルというのは、使徒パウロから来ているとマクシムが言っている。苗字はニコン(7)ですね、それで宗教的なところもあるのかな、そこがまた素晴らしい。

ヒロコさん、あなたも良く知っているように、私は絵が大好きなんですね。美術館でやっているソヴィエト絵画の展覧会は逃しません。でも最近亡くなったカバコフ[8]は、どの画家よりも世界的に有名ですけど、私は好きになれません。カバコフはソヴィエトの画家ではなく、ロシアの画家です。カバコフは退屈です。興味を持てません。でも、たとえばポプコフ[9]のような人は、驚くべきは芸術家、画家ですね。若くして死んでしまいましたけど、46歳〔正しくは42歳〕のときに。ソヴィエトの力強い芸術家たちの一人だったけれども。このグループにはニーコノフ、アンドローノフ、ポプコフ、アンドレイ・ヴァスネツォーフ[10]がいる。彼らは本当に素晴らしい。というのも、彼らは絵画についての素晴らしい感受性を持っているからです。彼らの絵画を創り上げていたのは外面《そとづら》の模倣でも外部世界の自動的・機械的模倣でもなかった。それは、世界の存在の本質を理解しようとすることの上に創られていた。これは非常に重要です。彼らの作品には、非常に農村派的な絵画のモチーフが、社会的モチーフがあった。例えばポプコフ、彼自身、農村の生まれで、この題材のことを非常に良く知っていた。これらの自分の絵画の登場人物たちのことを良く知っていた。絵画が自らのうちにその運命を抱え持つということが非常に重要なんです。それは、自らのうちに運命を抱え持たなくてはいけない。他の残りのすべてはただ外的な装飾です。それはつまらないことです。興味が引かれるのは、運命です、個々の性格です。

なぜ、われわれは、肖像画を見るのか。例えば、エル・グレコの作品のように、３００年も経ったあとで、この肖像は誰なのか、どのような肖像画によってわれわれの時代を裁くことになるのか、われわれは理解するのです。それが肖像画の中で生き永らえているなら、運命は、個々の人間の運命は、時代の運命なのです。そして、これこそが私にとって重要なのです。

――演劇といった身体的な芸術についてはいかがですか。当時、演劇はよく御覧になっていましたか？　タガンカ劇場[11]に行かれたりしていたのですか。

私はタガンカ劇場に行ったことはありますが、芝居はちゃんとは見ていません。いい観客じゃなかったですね。タガンカがモスクワ文化の中心だったのはもう30年、40年前のことです。こういうことだったんですよ、学生たちの集団があってね。ユーリー・ペトローヴィチ・リュビーモフ[12]が彼らを集めたんですよ。そして学生たちと一緒に芝居を創った。『アルトゥロ・ウィの興隆』じゃなかった、『セチュアンの善人』。ベルトルト・ブレヒトの戯曲を使ってね、それはまだ学生演劇だった。これは卒業公演ですよ。この卒業公演からタガンカ劇場は生まれた。そして20年間はあのように力強い動きをしていたけれども、それから徐々に崩壊に向かう。

それは、ソヴィエト権力による検閲のためだけではない。というのは、検閲下でもこの劇団の芝居は新しく力強かった。そのあと崩れていった。というのも、俳優たちが変わってしまったし、若さが消えていった。世俗的な関係などが浮上したり、金銭的な問題も起きてきた。俳優との契約がらみのね。つまり、少しずつ、少しずつだけど、資本主義がやってきた。そうそう、それがタガンカに全く破滅的な影響を及ぼした。こうしたことが起きたのは、1980年代のどこかですかね。状況がすでに変化していた。

リュビーモフはヨーロッパでの海外公演をするようになり、市民権を剥奪され、ソ連に帰れなくなった。このとき、別の俳優、注目すべき演出家[13]アナトーリー・エーフロスが現われた。これはロシアの演劇史におけるきわめて巨大な名前です。非常に偉大な演出家。もちろん彼にはリュビーモフとは別の演出家の構想があった。しかし、そのあとで劇的な状況が生じた。あるとき、劇場がアナトーリー・エーフロスを拒否した。そして、それからいつだったかすぐに、まだ若いのにエーフロスは死んでしまった。それからリュビーモフが戻ってきたが、もう全くの別人だった。彼は劇場を別のものにした。以前なら、50年代、60年代の終わりには、それは友好連盟、友情の共同体だった。それが序々に崩壊し、すでに人々の結社になり、なにやら商業的な団体になってしまった。彼らの間にはあの繊細で友情にあふれた関係はなかった。それこそ、かつて、60年代に形作られたものだった。そして、それは演劇の死だった。

――それはいつのことですか？

これは、80年代のあとのことだった。劇場が腫れ上がってしまった。つまり、リュビーモフが帰ってきたあと、芝居はいくつも上演されたけれども、それらはもう60年代、70年代の演劇が持っていたような意味を持っていない。それはもう別の劇場だった。でも、知ってるでしょ、ヒロコ。それぞれの劇団には、それぞれの劇的集団には、それぞれの寿命がある。あなたにも寿命があるように。スタニスラフスキーには最初のモスクワ芸術座とモスクワ芸術座Ⅱがあった。モスクワ芸術座Ⅱは条件が変わっている。俳優が新しく変わっている。当然のことながら、劇団が最初に結成されたときのあの力を維持するのは不可能だ。それに、１９８０年にヴィソツキー(14)が死んだということも考慮しなければならない。彼は、本質的な意味において、タガンカ劇場の礎石だった。彼は詩人だった、素晴らしい人物だった。国じゅうが彼のことを知っていた。彼の歌を歌っていた。彼は素晴らしい俳優だった。でも、死んでしまった。これは劇団への非常に大きな打撃だった。このあと、芝居は続けられたけれども。『ウラジーミル・ヴィソツキー』という芝居さえ作った。これはユーリー・ペトローヴィチ・リュビーモフが作った非常に素晴らしい舞台だった。

でも、これはもう…印象主義があったけれども、そのあとで、後期印象主義がやってきた。しかし絵画においてこれは別の形で起こる。でも演劇は、別で、人間と関係している。生きている人間には自分の歴史があり、どう言えばいいか、自分独自の生のドラマトゥルギーがある。だから、だんだんと彼らはお互いに立ち去っていく。たとえば、デミードヴァが劇場を去った。彼女もまた非常に力のある女優だった。つまり、誰かがその生命とともに立ち去っていく。劇団が散り散りになる。グベンコの劇団が出来る。[15]ニコライ・グベンコは強烈な俳優だ。就任しただけで、グベンコ劇団というグループが出現した。そしてリュビーモフの劇団のグループも残っていた。これはもちろんこの劇場の芸術と文化の運命において悲劇的なものとして現われた。彼は今ではすでに、かつてあった現象として記憶の中に残っている。もう、彼のことを誰も思い出すことはできない。ヴィソツキーの歌は残った。当然ヴィソツキーの名前は残った。この劇場の多くの名前が残った。いまでも芝居を上演しつづけている。グベンコもまたあの時代の偉大な俳優たちの一人だ。もちろん彼は芝居を作っている。タガンカのあとをついで、リュビーモフのあとで。最近では、5、6年前に[16]マヤコフスキーの長詩『背骨のフルート』をもとに、芝居を作った。つまり、彼はリュビーモフによって敷かれたこの詩的路線を続けている。

——ジョン・リード[17]による『世界を揺るがした十日間』は、いつご覧になりましたか?

彼らはそれを上演したんですね。私はこの芝居を劇場では見ていない。でも、記録を見た。この芝居の記録映像が残されていた。そのことをみんなが言っていた。記録がある、と。俳優の一人一人がそれぞれ幾つかの役を演じていた。例えば、ヴィソツキーは、あるときは、そこで、ケレンスキー、臨時政府の大統領、首相の役を演じていた。この芝居については非常に多くのことが語られてきた。この舞台のもとになっているのは『世界を揺るがした十日間』という本だとかタイトルそのものが同じだとか。でも、私が考えているのは、この芝居が作られたのがブレヒトによる芝居のあとだったということだ。まったく音楽的だし、全体が個々のモチーフから構成されている。

『世界を揺るがした十日間』という芝居はソング芝居で、そこにはユーモラスな俗謡のチャストゥーシカ[18]や、この時代のモチーフのようなものがある。ここにはファルス〔笑劇〕のような仮面舞踏会〔マスカラード〕の場面がある。これはファルス的、劇的なコラージュの演劇で、ばらばらの小さな題材から構成されている。舞台は劇的行動の展開として、非常に見事に構成されていた。たとえば、劇場の入口には、1917年の革命の時の制服を着た水兵の格好をした俳優たちが立っていた。彼らは銃を持っており、そこを通る人たちは自分のチケットでその銃を一杯にする。銃剣にチケットを突き刺して、劇場に入るんだ。これはもうすでに芝居のはじまりだった。そのとき、もう、誰かがアコーディオンを弾いていた。例えばゾロトゥーヒン[19]。彼は歌いながら、アコーディオンを見事に弾いていた。彼はごく自然に観客の感情を呼び起こし、遠くへと連れていく。だから、地下鉄から降りてきた観客は、それを聞くだけで、もうまさに、あのサーカス空間の中に入っていく。まったくこれは最高度のサーカスの上演だった。

——それは面白い演出ですね。

もちろん、これは演劇の上演だけどね。この時代に大成功を博した。この舞台に匹敵するものは、なかったと私は思う。他の芝居を遥かに凌駕していた。800回は上演したんじゃないか、800回。まさにこの『世界を揺るがした十日間』で、この芝居を持ってタガンカ劇場は海外公演もしたし、バルト三国にもいき、どこでも大成功だった。

こういうことがあったわけだ。これはあったことだ。しかし、いま多くの人に思われていることは、こうした現象がさして高く評価されていないということだ。というのも、その後、ユーリー・ペトローヴィチが帰ってきたとき、どうやら、彼らはもうこの芝居を上演しなくなっている。いや、劇場のアーカイブでは見られるけどね。もしかしたらインターネットでも見られるかもしれない。しかし、ユーリー・ペトローヴィチは、だいたいこんな風に言っていた。「私はもうあのような政治的な芝居は作らないだろう」と。「私が作るのは個々のスペクタクルだ」。それらは、音楽的だった。そうした役者たちは行動のはじまるそもそもの最初からリズムの中にいる。つまり、革命の直後の20年代の演劇から引き出されてきたあの演劇化のすべてを彼は欲した。それがソヴィエト演劇において起こったことだった。

だから、彼は空虚な場所にいたわけではない。彼はメイエルホリドの演劇の、ブレヒトの演劇の後継者だった。だから、彼には集団はなかった。彼は、彼らから、あの時代から、タバコの火を借りたんだ。比喩的に言うならね。彼はそうしたものを利用した。ところが、そのあとで、まったく違った芝居を作るようになった。それは、ひどく、室内劇的なスペクタクルの構想だった。そして、彼は自分で劇の筋書きを構想するようになった。あるいはドラマトゥルグが彼のために書いた。彼はシュニトケの音楽作品を取り上げた。そして、結局、彼は、劇場は、自分の顔を取り替えてしまった。良いことだったのか、悪かったのか。これは、今日、演劇研究者が言っていることだけどね。私がとやかく言う筋合いのものではないだろうけど。

しかし、私が言えるのは、80年代に私が見た最後の舞台、これは壮麗な現象だった。ユーリー・トリーフォノフの本をもとにした『河岸通りの館』。ソヴィエトの作家トリーフォノフの『河岸通りの館』[20]。そうそう、忘れていた。あそこにはダヴィッド・ボロフスキーの震撼させるようなセノグラフィがあった。ダヴィッドもまたこの劇団再生のための巨大な個性だった。一般に、こう言うことが出来ると思う。ユーリー・ペトローヴィチ、ダヴィッド・ボロフスキー、ヴィソツキー。これがタガンカ劇場成立のための3つの巨大な人格だと。

それで、そのあとで、ユーリー・ペトローヴィチは罵り合いのけんかをして…。このリュビーモフ、ヴィソツキー、そしてダヴィッド・ボロフスキー、これは、この劇場の根幹をなす。根幹の俳優だけど…。

――60年代、70年代のソ連では非合法の芸術活動も活発でしたが、ノルシュテインさんは関わりはあったのでしょうか。イズマイロヴォでの野外展覧会[22]などには足を運んでいたのですか？

イズマイロヴォには行っていません。知っていましたよ、どんな作品が展示されていたかは。でも、そこには行っていません。他の展覧会についても知っていました。でも、そのことに関してはしゃべることが沢山あります。イズマイロヴォだけでなく、そうしたことはいろいろありました。というのは、画家たちは自分たちの展示場を持っていたからです。それらは国の展示場だった。そこで展示会が開かれると、初めは、ソヴィエト権力はその場所で開かせないようにしていた。しかし、やがて官僚たちは、どうせそうした展覧会は開かれてしまうということを理解するようになった。実際、色々な場所で、さまざまな芸術センターで展覧会が開かれていた。博覧会場のヴェー・デー・エヌ・ハー[23]でもあったし、芸術家会館でもあった。あの名高いブルドーザー展[24]も開かれた。あの場所に作品が持ち込まれたとき、それ以上のことは起きないだろうというものだった。作品を展示するとき、絵は直接、木に立て掛けられた。ブルドーザー、何故、これがブルドーザー展覧会と名付けられたかと言うと、そこで画家たちが文字通りブルドーザーの下から自分たちの作品を引き出すことで、それを救ったからだ。それがすべてだった。しかし、これは、もちろん、行政権力の愚かさだが、行政は、芸術家たちが、いわば、独自の振舞いをするのを許さない。つまり、彼らは、自分たちが独自の振舞いをしたいのだ。私はいま作品の質については問題にしていない。

あとになってこれらの作品を見られたかどうかは分らないが、それらの作品がその意義と意味において、卓越したものであったとは私は思わない。ただ、権力そのものが、あれを作り出した。そのようにして、これらの作品は、ただちに関心の中心になった。ひとたび追放されたもの、攻撃されたものは見なければならないからである。それで、そのあと、彼らは展示する可能性を与えた方が意味があるということを理解するようになった。展示会を開けばいい。時がいずれにせよ、選別する。時がフィルターにかける。この作品は展示を許されなかったということだけで芸術作品としてすぐれていると主張することはもちろん馬鹿げたことだ。実際それは馬鹿げている。断固として存在する芸術の法則を誰も廃棄することはできないからだ。この芸術の法則は20世紀だけでも、19世紀だけでもなく、18世紀にも17世紀にも、16世紀にも、ジョットの時代、中世のジョットにもあった。

そして、われわれは、それでもやはり、文化をひとつの全一的な動きとして見なければならない。そのとき、われわれはいま何が起きているのかを理解するための基準を手にすることができるのではないか。

――現在のような時代、世界情勢が大きく動いている時に、プロパガンダとしてもその反発としても芸術に何らかのムーヴメントが起きていくのではないかと思います。例えば、日本で、震災前と震災後で芸術の語られ方が変わるざるをえなかったように、またロシア革命前後にアヴァンギャルドが活発になったように。現在、ノルシュテインさんはモスクワ周辺や、周りのアーティストの仲間たち、または芸術を学んでいる若い人たちからどんな姿勢を感じ取っていますか。

それはですね。私は原則としていま起こっていることのサークルには、それ程のかかわりを持っていないのです。私は時々は絵画の展覧会には行っていました。芝居にはもう随分長いこと行っていません。

私が最後に見た芝居、それはゴーゴリの戯曲、ゴーゴリのコメディア『検察官』を基にした芝居でした。タイトルは『ラバルダンーS〔ロシア語題：ЛАБАРДАН-С〕』、彼はこの劇をそう名づけたのです。すばらしい演出家です。彼の名前は[25]ジェノヴァチ。彼は自分の劇場を持っていて、工場のあったところに創られたものです。その工場の持ち主はスタニスラフスキーの父親でした。スタニスラフスキーの名前はアレクセエフです。アレクセエフが彼の父の名前です。それで、アレクセエフ工場というのがあった。それでその工場の中に劇場が出来た。

素晴らしい演劇だった。もちろん私はテキストに引き寄せられた。そして、恐らく、他の演劇よりも、外部への導線がずっと多かったからだと思う。私は大変気に入った。ジェノヴァチの取り組みは正確だ。彼は非常に素晴らしい戯曲を取り上げた。ジェノヴァチはそこで『モスクワからペトゥーシキまで』という芝居を上演した。エロフェーエフのね。何のことか、知っていますか？[26]ヴェネディクト・エロフェーエフの『モスクワからペトゥーシキまで』、この本は西側では非常に有名だった。この本を基にして、ジェノヴァチは芝居を作った。

彼は『巨匠とマルガリータ』を翻案した芝居も作っている。そして彼の最新の作品、それは私が見た、ゴーゴリの『検察官』を使ったもので、しかし、ただタイトルが『ラバルダン-S』となっている。〈ラバルダン-S〉というのは、これは魚の名前です。芝居の中でフレスタコーフが〈ラバルダン〉というこの言葉を口にする。私の見るところ、これは普通の芝居とは全然違う。全然、普通じゃない。まるで出来事が古代ローマの浴場で展開しているみたいなのだ。まったく、これは、本当に異常な光景だ。これは恐らく、女優陣は、ほとんど裸の舞台なのだ。そして実際、これは非常にきわめて美しく、きわめて戦略的に創られている。ジェノヴァチ自身が語っているけれども、彼らは初めは自分たちの裸が滑稽でしょうがなかった。しかし、そのあと慣れてくると、そこに総じて、さあ、どう言ったらいいのか。この芝居は実際非常に素晴らしく、とても興味深いものだった。もう一度言おう。出来事は古代ローマのテルマエ、浴場で展開する。すべてがこの上で構築されている。つまりこれは、分りますか。古代ローマの貴族の女性たち、パトリキアンカ[27]たちの遊びなのだ。これは、あるレベルにおいて金持ちが自分たちのことをご主人様だと考えている今日の世界、今日のロシアの世界を暗示しているのだ。このように私はこの芝居を分析したいと思う。ブルガーコフ[28]の戯曲『逃亡』を基にしたモスクワ芸術座での彼の芝居も非常に素晴らしかった。

何年か前に見たチュルパン・ハマートヴァ[29]とジェーニャ・ミローノフ[30]の出ていた芝居[31]も素晴らしかった。そこで、ある役をチェルパンがやっていて、2つ目の役、ゴルバチョフをジェーニャ・ミローノフが演じている。そして、ゴルバチョフ本人がこの芝居を見に来ていた。彼はこの芝居が大変気に入っていた。これはすごく奇妙だ。主人公が劇場で坐って、俳優のミローノフが演じている自分自身を見ている。これは実際、すごく面白い舞台だった。

それで、どうか、知って欲しい。私は、実際、今日の文化的な生活からはどことなく疎外されている。それから、あなたは、いずれ知ることになると思うけど、観客は何故か待っているんです。1年もしないうちに、出てくるんじゃないか。どんな芸術家かは分らないけれども、どんな演出家だろうか、いままでいなかったような作曲家とか。出現したとしたら、これは稀な偶然だし、そうしたことが突然起きたときのために、そのために非常に注意深く人生を熟視していなければならない。

だから、私は、こんな風に考えている。願わくば、この悪魔の戦争が終わり、この戦争の後で、それからしばらく時間が経ったときに、非常に力強い作品群が現われますように、と。何故なら、戦争は非常に多くの問題を提起したのだから。歴史の終わりさえも。

あなたたちは、多分、新聞で、プリゴジン(32)のことを読んだと思う。

——ええ、知っています。

プリゴジン、これはワグネル〔Wagner〕という名のあの軍隊、ダス・ワグネル〔Das Wagner〕の指導者です。そして、彼は最近、実際に、反乱を実行した。これは、私はこう考えているのだけれども、この状況自体が、それが、非常にドラマチックなものであったということです。実際、これは、〔2023年6月〕23日から24日までのことだったけれど。見ていて欲しい。こうしてこの状況さえもが何年か経ったあとで、何らかの事象が語られることになるであろう。

自らの戯曲を生み出すことになるだろう。それが何であるのか、われわれは今はまだ知らないのだけれども、われわれがどのような悲劇的な世界に生きているのか、いったい何が起きるのか。この悲劇性の中をわれわれが更に先へと進んでいくならば、われわれはこの悲劇性によって自らを鼓舞することになるだろう。われわれは暗闇の中を進むことになるだろうということを突然理解するはずだ。

この戦争は非常に多くのものを開示しているので、無条件に新しい歌が出現するだろう。新しい文学が出現するだろう。劇的な状況がドラマチズムに大きな影響を与えることになる。

私はドラマトゥルグの問題を全体として、芸術活動そのものと関連づけている。何故か。何故ならドラマチズムを人生そのものだと理解しているからです。われわれ自身が幸福だと感じているときに、それとは反対の方向をわれわれに与えてくれるような道を探し出すこと、そのために戦争のような劇的な状況が必要なのです。アントン・パーヴロヴィチ・チェーホフは、その戯曲の数ではシェークスピアに全く劣るけれども、そして、アントン・パーヴロヴィチ・チェーホフはそこにはどんな鋭い劇的な展開もない、非常に日常的な、何の変哲もない世俗的な戯曲を書いたけれども、何故われわれはあれ程の興味を持って、その生活の中を覗き込もうとするのか。そして、何故、今日、これ程の劇的なものを背景にして、いまだ本質的な作品が出現してきていないのか。もしかしたら、それらのものはすでに存在しているのかもしれない。もしかしたら、私は間違っているのかもしれない。しかし、何故、今日、あれ程のあからさまなドラマチズムを背景にしながら、われわれの存在に対する希望をわれわれに与えることが出来るであろう本質的な作品が出現してきていないのか。まさに、これこそが私にとっては問題なのだ。

だから、この戦争の時代が、いまだこの時代の芸術家たちに高度な意味において、さまざまな時に、問題を投げかけているときに、今日、創造にかかわる人たちはわれわれの生活の日々の事態にちゃんと耳を傾けていない、いいかげんだ、そう私には思える。

――わかりました。ありがとうございます。

予言者としてのバルザック

――プリゴジンさんが亡くなったという報道が今日〔2023年8月24日。インタビュー前日の8月23日にプリゴジン氏はジェット機の墜落事故で死亡した。〕あったのですが、その件についてどのような見解をお持ちですか?

ええ。

――ご存じですね?

知っている。

――それについてどう思いますか?

私がプリゴジンの死を云々するのは難しい。私の印象ではプリゴジンはあらゆる面で悲劇的な人物になった。もしかしたら彼はすでに自分の運命を悟り始めたのかも。何とも言えない。それはまったく別の話だ。だが時が経てば、彼の立場も何者かもはっきりするだろう。本当に政権に楯突いた人間か、それとも彼が国に望んだのは、強い国、正義の国であること、偉大な国の名にふさわしい国であることか。今は何とも言えない。もしもあれが殺人行為だったなら、遅かれ早かれすべて明らかになる。だが、起きている真実すべてを、我々がここ数年で知ることはないだろう。

――はい。

今の時代と比べたらジャン・ジャック・ルソーはロマンチストだ。昔は彼の作品や彼の詩を読むのがとても好きだった。あれは、むしろ詩的な言葉で、だが、それらは現実とほとんど関係ない。彼は自分の本に芸術家として登場する。だが、芸術家は決して政治家と折り合わない。政治家は自分のことを見て、芸術家は人生の偉大さを語る。だから、芸術家は政治家と決して折り合わない。ルソーが言ったことはもうずいぶん忘れてしまったし、ここ50年くらい読み返してもいない。若いころには読んだが、だから今彼について話すのは難しい。社会思想の発展における彼の役割についてもだ。

ヒロコならわかっているだろう。私には芸術作品の方が哲学的結論よりずっと意味がある。西欧哲学なら尚更だ。その点、日本の詩学の方が私はずっと好きだ。なぜなら中に膨大な人間的内容を含んでいるから。存在の意味という内容だ。だが、西洋の思想家は真理を突き止めたら終わりにしようとする。私にはありえない。面白くない。同じように、スタンダール(33)を読んだのは昔だ。スタンダールは、その哲学や文学全般で時代を決定づけた。そして、ちなみに、かなり日本文学と重なっている。日本文学を知り始めたころ、私はそういう感じがした。だが、スタンダールで私が好きなのは『イタリア旅行記』だ。つまり、その作品では彼は筋立てを作る必要がなかった。ただ事実を書いた。イタリアで見た構想の壮大さへの歓喜を書いただけ。それが当時の私には極めて興味深かった。もうずいぶん読み返していない。あのような素晴らしい文章は時折、読み返すべきだろう。

だが、時代は別の文章を必要としている。残念だが、偉大な文章でも時には時代が求める文章に屈する。これらの文章は、偉大な作家の文章ほどは文学や構想の点で秀でていないとしても、私たちが昔読んだものより重要で必要であることがある。

スタンダールとほぼ同時期にバルザック(34)が創作をしているので、バルザックの作品をもっと語る方が意味があるだろう。というのも、彼は自分の小説で時代を決定づけ、人類に警告をしたのだから。「資本主義はどこへ向かうのか?」。だが、結果はもう明らかだ。彼は予言者だった。奇妙な話だが、今日彼の名前はほとんど出てこない。まるで存在しないようだ。本当なら今日バルザックの名は力強く響くはず。なぜなら彼は小説で多くのことを予見していた。運命的なこともたくさん予言した。だがある時、彼の作品はすべて〈人間喜劇〉と呼ばれた。ダンテが〈神の喜劇〉と呼ばれるのと同様に。バルザックは人間の喜劇を書いた。人類は自らの行動から何の結論も導き出さないと。その意味で今日バルザックの名が聞かれるべきだろう。だが誰も思い出さない。そしてこうだ。今日においては、バルザックは反動的な作家として定義されうる。今日、資本主義は人類の神だから。だが、それは間違いどころか、それは人類の破滅だ。人類の破滅の理由は単純だ。人が人に暴力をふるう。この競争で我々が互いを見失うからだ。だからバルザックは今日力を込めて語られるべきだと思う。

芭蕉、一茶、北斎の到達した単純な概念

――先程、西欧哲学より日本の詩学のほうがお好きだとおっしゃいましたが、そういえば、以前、ノルシュテインさんは芭蕉、一茶などの俳句について褒めていらっしゃいましたね。こういう状況の時に芭蕉や一茶、北斎から、何を学ぶ必要があるでしょうか。

一茶ですか。ヒロコ、わかるでしょう。私はもちろんロシアの日本文学者と比べればわずか

しか知らない。知っている詩は少ない。だが、日本の詩で私にとって重要なのは、日本の詩が、シンプルな概念を豊かにしたことだ。どう説明したらいいか、芭蕉〔正しくは一茶〕にこんな詩がある。詩ではなくただの散文と言えるような詩だ。こんな詩だ。ロシア語の翻訳ではこうなのだ。

畑の百姓が　抜いた大根で　私に道を教えた

〔「大根引き　大根で道を　教えけり」（出典：小林一茶《八番日記》）〕

私がこの作品を高く評価する理由は、ひとつの句のなかで詩人は全世界を表現したからだ。話は簡単だ。もし撮影して映画を撮れば、

農民が大根を引き抜いた。
そのとき旅人が道を聞いた。
彼は大根で指すが、まだ土が振り落ちる。

引き抜いた大根は私にとって最高の詩だ。私にとって最高の詩は一茶だ。一茶を覚えている？ 私にとって最高の詩はこうだ。

ひとりの男と　偶然きたハエが一匹　居間に座っている

〔「人一人　蝿も一つや　大座敷」（出典：小林一茶《八番日記》）〕

もし私が監督ならアニメーターにちょっとしたシーンを作らせる。どう演出するか。結果的に非常におどけてコミカルな感じを出すために、どう作るか。このたった一句から、たった一行からだ。

日本人は素朴を詩のなかで偉大な現象にした。私にとってはその素朴が芸術でいちばん大切だ。だから、私にとって日本は精神的にとても近くなった。たとえば西欧哲学と比べても、日本はずっと親しみやすい。ヨーロッパは2千キロ、日本は1万キロ離れているがね。さらに驚くことに、日本の詩は日本の視覚的な詩情とよく似ている。文字通り数回筆を動かすだけで、存在の光景が現われる。これは私にはとても大切な点だ。日本の詩は私を裏切らないと期待している。私も裏切らない。

——北斎についてはいかがですか。

北斎ですか。わかるでしょうが、北斎を話すくらいなら、私は芭蕉や一茶を話すべきだろう。なぜなら北斎は何より並外れたユーモアのセンスをもつ巨匠だ。これはとても大切でプーシキンについても並外れたユーモアのセンスがある。詩的に舞い上がる軽やかさだ。わかるかな。

長くこの世をうろつくのか？　馬車に乗り、馬に乗り

〔プーシキンの詩《ДОРОЖНЫЕ ЖАЛОБЫ「旅の愚痴」》（1829）の一節〕

とね。

おそらくプーシキンが万人に愛されるのには理由がある。若者たちは存在の軽やかさをそこに見出すからだ。その後すべては別のものになる。存在への慣れだ。北斎には非凡な要素があって、なんと言うか…彼には喜劇性がある。もちろん彼には悲劇的な作品もあるが、それでもやはり彼の本質は喜劇だ。私はこれが彼の重要な特徴のひとつだと思う。

ヒロコ、覚えているだろう。日本で大きな北斎展があったとき、私はそこへ行って見てまわり、

『冬の日』デッサン・絵コンテ／2003

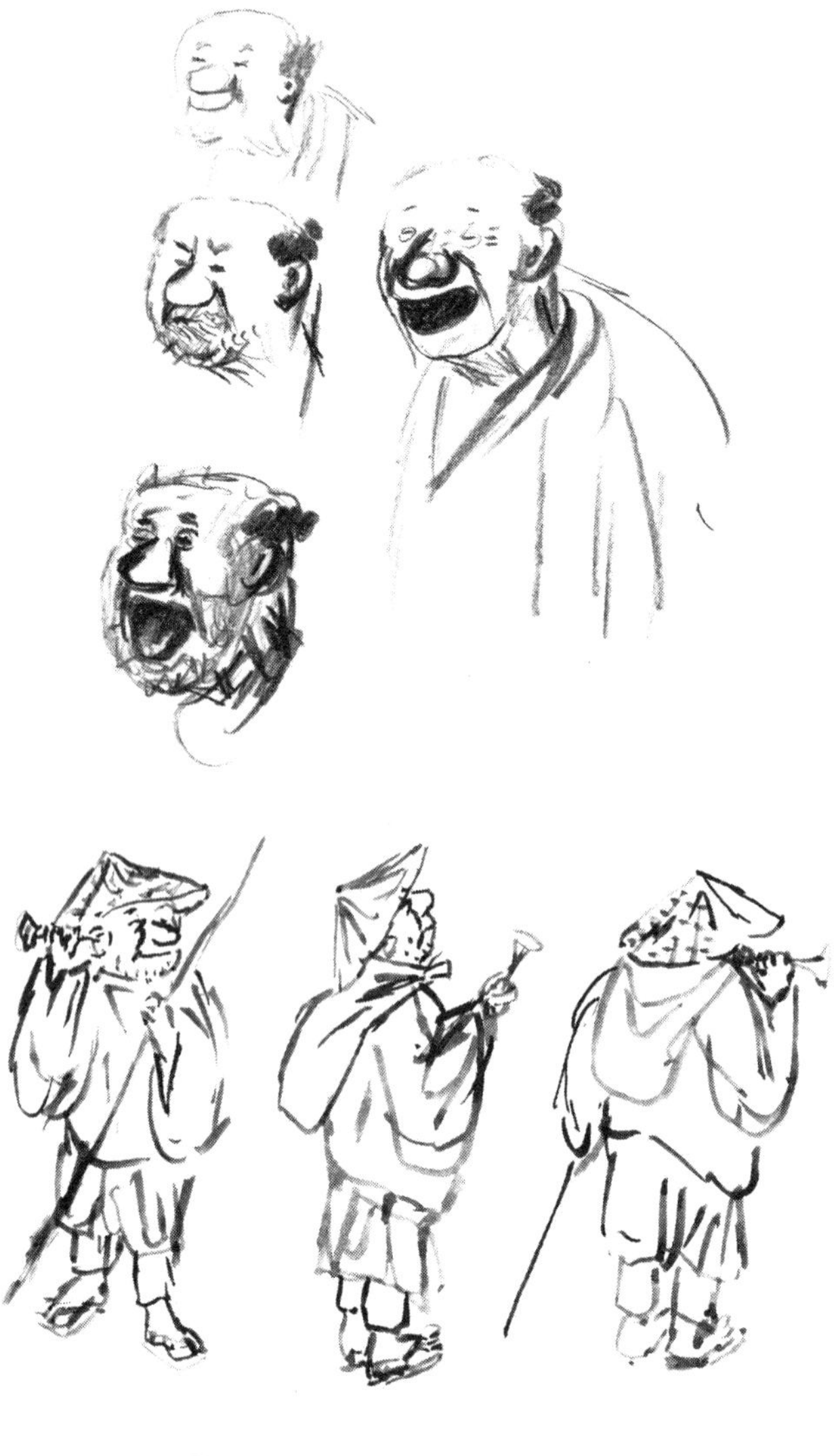

『冬の日』デッサン・絵コンテ／2003

彼の辛辣な風刺絵に大笑いしたのを覚えています。とてもおもしろい絵で、酔っ払いが集まって、酔っ払った女もいる。だが、そこには非難などまったくない。「酔っ払いめ、こう生きろ!」なんてない。生の一部だ。彼はこれもすべても生の一部と見ている。彼の視覚芸術にはいかなる判断の片寄りもない。驚くことに彼は、何より、かなり長生きをした。それで、彼は自分の人生について、何歳でこの技を会得し、そのあと何を、さらにそのあと何を会得したと語った。そして、100歳になって〔北斎の享年は90歳といわれている。〕、やっと彼はこの複雑な内面生活、内的存在を理解し始める。それが、ある層から別の層への彼の移行であり、人生の理解であり、非常に単純な概念への到達だった。これは本当に偉大な人物の資質だ。北斎はイタリアにとってのレオナルド・ダ・ヴィンチと同じだ。日本文化にとって最高の人物だ。

スタジオジブリ『君たちはどう生きるか』

――ノルシュテインさんと同い年であるスタジオジブリの宮崎駿さんについて、宮崎さんが数年前から制作していると発表していた新作『君たちはどう生きるか』のポスター画像がいよいよ公表されました。

さて、ここには宮崎監督が映画を完成させたとある。良い題名の映画だ。『君たちはどう生きるか〔ロシア語題：Мальчик и птица（少年と鳥）〕』。良い題名だ。この題名から私はゴーギャンの絵を思い出した。とても大きな絵で、題名は、

〈我々はどこから来たのか 我々は何者か 我々はどこへ行くのか〉

誰もが自分に課す質問だ。人間は皆死すべき存在だから人生の意味を探す。その意味を探すとき、人はその質問を彼にも視聴者にも興味深い映画や作品に具体化する。

――子供たちにとって、また、もう子供ではないひとたちにとって、スタジオジブリ作品を観ることと、ノルシュテイン作品を観ることには、どのような違いがあると考えますか。あなたの作品とスタジオジブリの作品にはどんな違いがあると思いますか。

この答えはとても簡単だ。私は宮崎監督がとても好きだ。個人的に監督としてとても尊敬し

ている。彼は素晴らしい人格者だ。彼は日本にとって素晴らしい教師だ。彼はとても大切なことを語っている。彼のロシア文化好きも気に入っている。ユーリー・ヴァスネツォーフやトルストイの『3匹の熊』も、彼の好きなものの中に入っている。私の作品とジブリ作品の違いは、認めざるをえないが、私の映画は宮崎監督の映画よりずっと知名度が低い。私の作品とジブリ作品、とりわけ宮崎作品との違いは、おそらく子供は彼の映画を観るような興味をもって私の映画を観ない。だが、思うに、もし子供のうち誰かが映画の何かに感動し、一部が子供の記憶に残って、その後、もしかしたら数年後、もう大人になったその人が私の映画を観たとしたら、子供時代に見つからなかったものを見つけ始める。とりわけ、子供についてはこう言われている。子供が『霧の中のハリネズミ』を怖がるとか、子供が観たがらないとか。そういう子供もいる。そういう特別な子供もいる。だが、時が経つと違う見方でこの映画を観る。私はそういう大人によく出会う。彼らは言う。この映画の多くのことを理解しなかったし、感じなかった。だが、徐々にこの映画の奥へ入り始めると、子供より大人にとって必要な映画となる。それでも、私は『霧の中のハリネズミ』は子供向けだと言える。ここで大切なのは、大人がもっと注意深くこの映画を観て、多くを子供たちに説明できるようにすることだ。子供たちが真理に近づけるように。これは情操教育という概念と結びついている。

あなたがおっしゃる宮崎監督のこの映画だが、思うに、これは何か奥の深い映画だと題名が語っている。『君たちはどう生きるか』という題名だから。とても良い題名だ。

――あなたの意見に賛成です。

では、次の質問に移ってもいいかな？

1

2

1：『話の話』デッサン　日曜日のエピソード　父親／ 1978
2：『話の話』デッサン　日曜日のエピソード　男の子と父親／ 1978

3

4

5

3、5：『話の話』撮影素材　前線への見送りのエピソード　ダンスをする人々／1978
4：『話の話』撮影素材のコラージュ　オオカミの仔／2003

7

6：エスキース　漁師と詩人／ 1977 ／紙、ホワイト、ガッシュ、水彩
『話の話』のためにノルシュテインが初めて描いたエスキース。ギリシアのイメージがある
7：エスキース　暖炉前の老婆／ 1955 ／厚紙、油彩
ノルシュテインが 14 歳の時に初めて描いた油絵。『話の話』のモチーフの原点。

8：『話の話』エスキース　テーブルへの招待／2000／紙、チタンホワイト、水彩

9

10

11

9：『キツネとウサギ』撮影素材　樹皮製の家に住むウサギ／1973
10：『キツネとウサギ』撮影素材のコラージュ／2003
11：『キツネとウサギ』撮影素材　氷の家に住むキツネ／1973

13

14

12：『アオサギとツル』 撮影素材のコラージュ／2003
13、14：『アオサギとツル』 場面の1コマ

15

17

16

15：『冬の日』デッサン／2003
16、17：『冬の日』エスキース

Ф.Я.

19

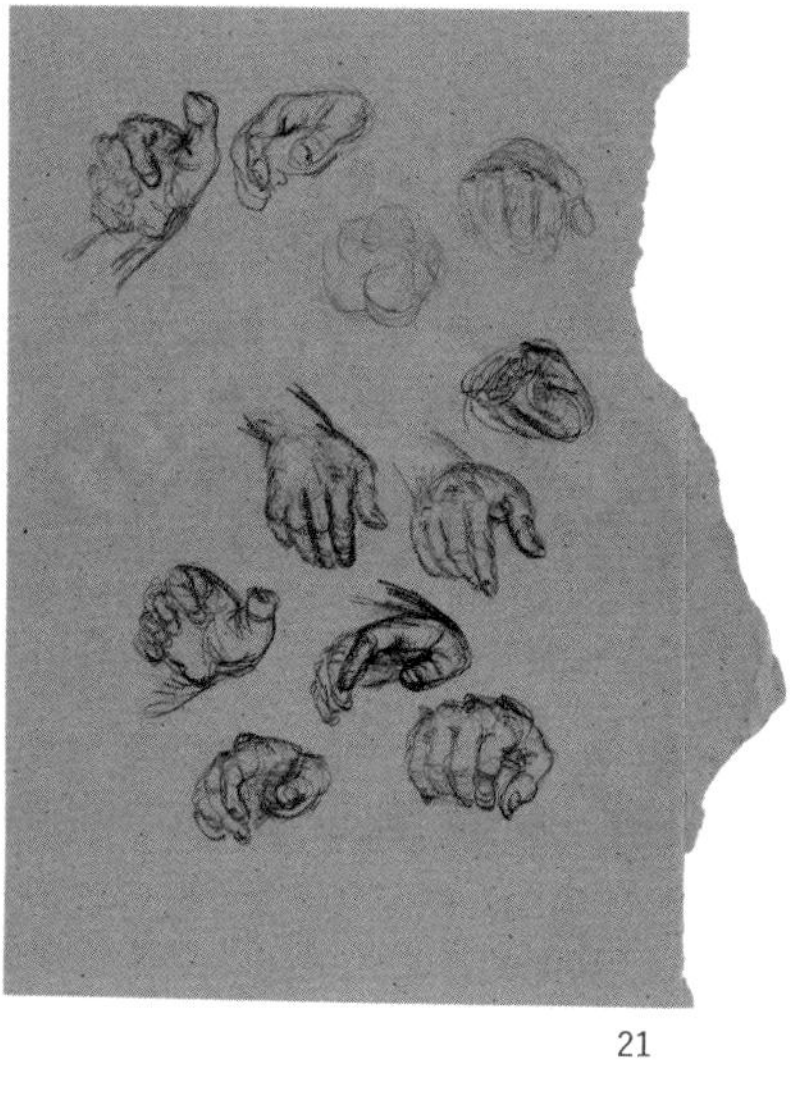

21

20

18：『霧の中のハリネズミ』 エスキース
「川の中のハリネズミと馬」／1975／F. ヤールブソワ
19、20、21：『外套』 デッサン

22

22：『霧の中のハリネズミ』 エスキース／F. ヤールブソワ

Ⅳ　今の時代にアニメーションをつくるということ

大嫌いな〈自己表現〉という言葉

――このような状況でアニメーション制作に従事する者はどんなアニメーションを創るのでしょう？　どう思いますか？

ここで私が目にするのは、ほぼすべて――医学的に言うと体内の分泌の仕事だ。食物が腸を通るようなものだ。これは比喩だが、作者は自分の心に耳を貸さず、知力を尽くそうともしない。胃の中のものを知りたがる。これは比喩だ。他の映画を制作しようが同じことだ。私はそれにまったく興味がない。作者たちがある重要なことを自らに課したように思えるからだ。彼らは周囲で起きていることを全部は見ない。

――見ないのですか？

見ない。だがそれでも…それでもとても良い監督がいる。とても良い監督で名前は――アントン・ジヤコフだ。とても良い監督だ。ナターシャ・チェルニショワもいる。話したことはな

(1)

(2)

いと思うが、彼女は今30歳くらいでとても良い短編映画を作り、彼女の作品は日本で好かれると思う。彼女にはとても良い作品がある。『雪の結晶〔『Снежинка《スネジンカ》』（2012）〕』だ。とても短い良い映画もある。『おばあちゃんのジャム〔おそらく『Le Retour』（2013）と思われる。〕』だ。今の彼女は知らない。残念ながら国の補助金がなくなったので。映画制作に資金獲得が必要というのは大変だ。これは芸術に対する犯罪だと思う。どこであろうと国は文化に補助金を出すべきだ。国は文化に絶対関心をもつべきだ。国の援助なしに個人が映画を作ることはできない。

――ええ。ユーリー・ボリソヴィチ。芸術に携わる若い人たちにメッセージをお願いします。アニメーションのみならず、何かを創る人たちに、若い人たちに何か大切な言葉をお願いします。

よく耳にするが、芸術家や監督が私の大嫌いな言葉を使う。こういう言葉だ。〈自己表現〔самовыражение《サモヴィラジェーニエ》〕〉。意味はわかるか？　〈自己表現〉だ。日本語にも似た言葉がある？　自己表現とは〈自分を表現すること〉だ。芸術で自分を表現する。

――はい。日本にもあります。

あるなら、よろしい。だが、私はその言葉が嫌いだ。私にはそれが文盲に思えるからだ。無知に思える。というのも、自分を表現できるのは、世界の投影として、存在の投影として、自分の中に巨大な世界を集めたときだからだ。自分の中に集めると、彼の内部に壮大な空間が現われる。自分の想像力でその空間を旅することもできる。そこから、人生が与えてくれたものを受け取ることもできる。その意味で、それはもはや自己表現と呼ぶものではない。それは〈自己開示〔самооткровение《サモオトクロヴェニエ》〕〉だ。単なる〈自己表現〉よりもっと重要だ。なぜなら、〈私はこのように見ている〉という言葉もまた文盲だからだ。

いいかい。偉大な北斎を思い出してみよう。彼は徐々に徐々に、彼は年ごとに自分のため、自分の生活を描いた。そして、「ある年齢になったら私はわかるだろう」と言っていた。「これは60歳になればわかる」、「これは80歳で賢くなれば」など。彼はそういう人物だった。これこそ最も大切だ。いいかい。人は制作していると、知恵を得て、次のレベルへ次のレベルへと進む。単に〈自己表現〉を理解するより、これははるかに重要だ。だから若者たちには、まず世界を愛する心を持ってほしい。彼らの作品を観たら、人々に優しさが生まれるように。これは今日とても大切だ。なぜなら今日の世界は非常に緊迫して攻撃的だから。それがとても大切だと思う。芸術にはそれがとても大切だ。

どの国の美術史を見ても、芸術は宗教的な特徴をもっていた。日本の宗教哲学は神道と仏教だ。ロシアではもちろん正教だ。ヨーロッパはカトリック。いずれにせよ、どの芸術にもこの原初的概念が含まれていた。それなしではひとつの作品も作られなかった。芸術がこの支柱を失うと、すぐに自分の腸内で湧き起こるものを語りだす。今日はどんな下痢かと。〈下痢〉という言葉がわかるかな？　トイレに行って、いわゆる〈液体状の便通〉だ。それを〈下痢〈понос《パノース》〉〉と言う。人はどんな下痢だと語り始める。そんなことは誰にも興味ない。興味をもつのは医者だけだ。医者に行って自分の病を話すべきだ。だが、芸術に携わっているなら、心の病を語ることもできる。それが相手の心に響くかもしれない。そういうことだ。大切なのは…。

——不安ですか？

そう、不安だ。他人に伝えることがあったという不安だ。

ちょっとした朗読をしたい。私はかつてプラハ芸術大学で名誉教授の称号をもらった。そのときのだ。少しだけ読んで聞かせたい。

——どうぞ。

では。

素晴らしいものはパルテノン神殿の柱の中だけではない
歩いて足を擦りむき血を流す石畳の道にもある
だが君は全身で道を感じる
それは家に続く道
素晴らしいのは両手のひらが触れることだけではない
愛する人が君の顔に触れること
君のお母さんの痛風の指も
足を引きずる犬も
日に焼けて色褪せ雨に洗われた板も

埃まみれの樹の葉も
世界は多様な経験にあふれている
共通の答えはない
それでも君が赤子を腕に抱いたら
最高の喜びを感じる
否定的な経験の意味も
少しは役に立つ
突き刺すような悲しみに
あらかじめ君は満たされる
自分の子供、友人または
身近な人の運命を思い
今後、誰かの運命に苦しさ、悲しみを感じるなら
無意識にこう考えている
詩を書くに値する何かがある
映画を制作する、作曲に生きる

ただ働くに値する何か

〔ノルシュテイン著『草の上の雪』より〕(3)

私にはこの言葉がとても大切だ。なぜなら、人は自分の中に世界を集めなくてはならない。そうしてこそ、人々に何か言うことができる。

——これはあなたの本に書いてあるのですか?

スピーチをしたときに、このテキストの抜粋を読んだ。あなたに送ってもいい。マクシムが送る。

——ありがとうございます。

《プラハ芸術大学教授称号授与式でのスピーチの全文》

親愛なる同僚、友人の皆さん！

今日のイベントは私にとって大変な栄誉です。

私の母はどんなに驚いたでしょう。私が学校卒業後の数年間、高等美術学校に入学できずにいたのを母は心配していました。もし彼女が生きていたら、私はこの教授のマントを見せて、こう言ったでしょう。「ほら、母さん、やはり僕は完全な馬鹿じゃない。他でもないプラハで、僕の自分についての結論は証明されたよ」。ひょっとしたら、私が試験に合格できなかったのは、いつもおどおどして自信がなく、そして極度の心配性だったからかもしれません。それらの資質が創作のベクトルを成しているとは、当時思いもよりませんでした。それら、つまり、それらの状態は、それらと自分だけで向き合っているときは良いものであり、誰にも説明することなく、好きなだけ心配したり、思索したりできます。恋愛経験は好ましい結果よりもいつも強い。けれど、それがどんなに苦かろうと、恋の予感に匹敵するのは、信じられない力であなたの想像力を高めるドラマチックな決裂だけです。そのとき、突き刺すような鮮明さで見えないものが見えるものへと変わります。

芸術において最も恐ろしいのはイデオロギーです。もしそれが唯一の統一勢力であり、個人の責任と結びついていないなら、国家の象徴として、それは危険です。そして、そこには、倫理と美学の相互関係という問題がおのずと生じます。後者のもとで芸術の性質、視覚以前の感覚的な知覚を理解し、前者のもとで創造的エネルギーを制御するある種の道徳的な力を理解するとしたら、一体どうなるでしょう？　もし倫理があなたを支配し、芸術そのものの問題が道徳的規則に服従するなら、倫理は必然的にイデオロギーに変質し、力の特性を帯びます。そして、芸術の破壊が起こるのです。それはイデオロギーの観点から世界を必要とされる方向に表現しないからです。美学を支配しているものは、あなたの知識、あなたの芸術言語、あなたの経験力となる、膨大な量の倍音の蓄積です。そして、ここに答えがおのずとあります。それゆえ、今日この厳粛な式典で私の子供時代のメロディーが流れたのです。

私たちは４人で――父、母、私と兄で――大きな共同住宅の13メートルの小さな部屋に暮らしていました。ですが、誓って言いますが、私はあの子供時代をもっと快適なものと取り替えたいとは思いません。部屋を想像してみてください。部屋の中央の天井の下にランプシェードがあり、母親がテーブルに大きなテーブルクロスを投げかけると、テーブルクロスは舞い上がり、帆のように膨らみ、ゆっくりと、波打つように、まるで空気のバランスをとっているかのように、落ち着いて、テーブルの形になります。

冬には、生乾きの洗濯物を外から持ち込んで部屋のロープに吊るすと、厳しい寒さがスパイスのように広がりました。パンが香り、日曜日にはケシの実のケーキやブーブリク（ドーナツ型のパン）が香ります。父さんがテーブルに座って、グラスホルダーに入れた薄いガラスのコップから、ほとんど熱湯のような熱いお茶をすすり飲みながら、本を読んでいます。兄はヴァイオリンで音階を練習している。窓の外は冬の夜の青。でも、部屋はペチカで暖かく、私は絵を描いている。それは永遠のようです。そして、その遠い〈永遠〉は、今、あなたの人生によって、もし運が良ければあなたの創作によって続くのです。シューベルト、パガニーニ、リストの練習曲で部屋は満たされていましたが、最も強い印象を残したのは蓄音機のレコードの音でした。蓄音機――神聖な箱は魅惑的でした。ターンテーブル上の重いレコード、針のクローズアップ、その下で無限に流れるレコードの平面が回転している。ニッケルメッキのピックアップがリズミカルに揺れ、レコードのシューという音の中から、ユダヤの歌〈ヴァレニチキ〉やシナゴーグの歌声が聞こえる。

音はあの生活空間を生き生きとよみがえらせます。私たちのあの部屋、時の深みにあるあの遠い地点は、誰もが自分のメロディーをもつ音楽の交差点のように私には思えます。私たちは一緒にいて、それぞれが自分の人生を生きていましたが、私たちは互いに関わりあっていました。もしかしたら、それこそが存在することの大切な意味かもしれません。重要なのは運ではなく、人生の節目節目への日常的な関心であり、そのひとつが、単純な概念の深い意味が明らかになることで一気に燃え上がるかもしれません。重要なのは、困難な状況で、自分自身が関与しなかった行為に対して、自分の罪であり、自分に責任があると考えるようにすることです。重要なのは、有害なものと生命を与えるものを区別する能力です。私たちが「趣味については議論しない」と主張し続けようとも、時間は真実と美を概念としてまとめ、私たちはそれを一般的な意味として指摘することができます。そこに好みは関係ありません。もしかしたら、美が真実かもしれません。大切なのは、餌に惑わされず、礼儀正しい笑顔であなたに差し出される計略をかきわけて道を切り開くことです。偽物に引っかかってしまったら、どうやって本物のすぐそばを通り過ぎてしまったかに気づかないでしょう。

美はパルテノン神殿の柱の中だけでなく、石の道にもあります。その石の道を足から血を流しながら歩いても、あなたは全身全霊でその道、家へ向かうその道を感じます。美しいのは、愛する人の手のひらがあなたの顔に触れた感触だけではありません。痛風になった母の指も、足の不自由な犬も、太陽で色褪せ雨で洗われた板も、埃っぽい木の葉も美しいのです。

私は今、皆さんにも自分自身にも語りかけています。私たちは幸せです。なぜなら、我々は創作活動の中にいて、まるでいばらをかき分け進むかのように、そこに生きているのですから。

世界はさまざまな経験に満たされていて、共通の答えはありません。それでも、あなたが赤ん坊を腕に抱けば、あなたは喜びを感じるし、例えば、自分の子供や友人や単にあなたの身近な人の運命について、刺すような悲しみにあなたが事前に貫かれるのなら、否定的な経験の意味も役に立ちます。そして、もし誰かの近い将来の運命に苦い気持ちや悲しみを感じるなら、あなたは、詩を書いたり、映画を作ったり、音楽を作曲したり、生きたり、ただ働いたりする価値のある何かがあるという考えに無意識のうちに参加しているのです。

今日の私たちの会合に協力してくださった皆さん、アカデミーの教授諸氏や学生諸君、私のチェコの友人と同僚たちに感謝します。私の著書『草の上の雪』のチェコ語訳出版にご協力くださった皆さんにもです。

将来、誰かがアカデミーのアーカイブを閲覧したら、今日の私たちの会合について羨望をこめてこう言ってほしいと思っています。「そうだ、彼らは互いに関わりあっていた！」

ガウデアムス・イギトゥール（では、陽気にやろうじゃないか）！　アカデミーよ、いつまでも！　教授たちよ、いつまでも！〔ヨーロッパに伝わる伝統的な学生歌。原詞はラテン語。〕

ありがとう！

ユーリー・ノルシュテイン

V 孤独について

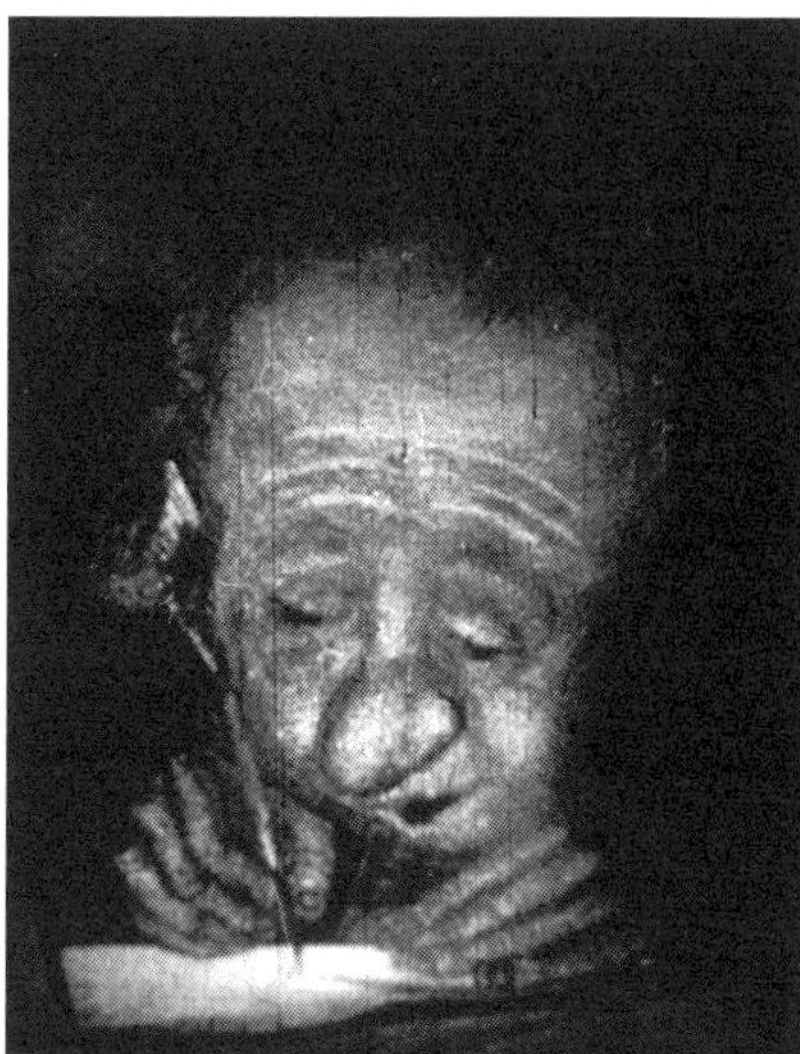

アカーキー・アカーキエヴィッチの宇宙的孤独

――現代の社会のペースの中で、私たちは孤独も連帯も十分ではないと感じます。どちらにも困難がいつもつきまとうような感じがするのです。コロナウィルスのせいもあって、その2つのことについて今までよりも少し真剣に向き合ってみたり、直面したりする場面が増えたと思いますが、ノルシュテインさんは人と接する時に、どのようなことを大事にしていますか。

答えは明白だ。もちろんその人を構成するすべてが重要だ。精神、理性、共感、やさしさ、理解。注意深い観察、徳、好意。つまり、このすべてが人間のなかにあるべきだ。感情が湧き起こると…あなたから実用的な利益を得るために、あなたを自分の人生の目標のひとつとしたり、自分の人生のひとつの意味と考えるなら、その人の人生は終わりだ。

――はい。それでは、孤独と連帯について…、私たちはどのように向き合っていけばよいでしょうか。

私がいつも言うのは、小説『外套』の主人公アカーキー・アカーキエヴィッチは宇宙的な孤独をもっていたということだ。彼には現実とのつながりがひとつしかない。文字を通して、つまり仕事を通してだ。

ゴーゴリの小説『外套』の主人公アカーキー・アカーキエヴィッチだが、彼は宇宙的孤独の持ち主で、喜びを感じるのは文字を書いている時だけだ。彼は文字とひとつになり、その中に彼の人生がある。彼のペンから生まれる文字の美しさに彼は感嘆し、幸福を感じる。それが彼の現実とのつながりだ。その他の点では、彼は宇宙的孤独の持ち主だ。だが、ゴーゴリのこの登場人物は自分の孤独がわかっていない。彼は誰ともつき合いたくないし、書くこと以外で彼の人生に触れたいと誰も思わない。それが彼の人生だ。一般的な概念として連帯について語るなら、当然ながら、人はひとりでは生きていけない。無理だ。友人がいるべきだ。犬だろうと猫だろうと、窓の下に生えている樹でもいい。季節の移り変わりという形の友人でもいい。冬、春、秋、春、夏、秋…。

彼にも共に人生を歩める友人がいるかもしれない。彼らは互いに助け合う。そこで私が思うのは、生活の質は互いにどれだけ関われるかで決まる。〈関わりあい〔сопричастие《ソプリチャスチエ》〕〉という言葉は私の好きな言葉のひとつだ。私はよく使うが、その語源は〈聖体拝領〔причастие《プリチャスチエ》〕〉で、教会的な性質がある。人が教会へ〈聖体拝領〉に行く。彼は司祭ととても親密な会話をする。ふたりの間で行われることは彼らしか知らない。だが、他人との〈関わりあい〉ということの言葉は、その人の人生をもっと広くもっと豊かにする。自分がひとりではないと知っている。

これはとても重要な点で、ひとりではないということは、人生の重要な前提だ。社会的側面では社会的孤独という概念もある。社会が人を置き去りにし、個人的な目的だけを追求するとき、それは人生のカタストロフィだと思う。人間は社会的にも自分を感じなければならない。どんな冒険が起こるだろうかという感覚。病気だろうと精神的トラウマだろうと、社会には自分の孤独を解消できる何かがあることを知っている。それは宗教かもしれない。つまり教会だ。親しい友人かもしれない。共に飲み食いする友人かもしれない。それも大切だ。人々は宇宙的孤独のせいで飲むこともよくあるから。彼らは関わりを持ちたくても、うまくいかない。だから飲む。だが、おそらく、ロシアでは、西欧諸国よりずっと容易にそういったことが起こる。知っていると思うが、キリスト曰く、「ふたりいればわが名の教会である」。だから、ロシアでは店先に3人寄れば、ウォッカの名の教会だ。もちろん、これは皮肉だが、本当だ。集まって飲み、その瞬間は互いに親友だが、その後別れたらもう二度と会わない。電車に乗っていて、初対面の人に自分の人生を話すことがよくある。別れたら終わりで、もう会うことはないということを知っているから。ここにはあれと似たものがある。あれと…教会の…あれはなんだっけ？　懺悔だ！　そうだ、懺悔に似ている。懺悔は必要だ。人は全て言ってしまいたいのだから、懺悔をもとにした文学作品も多い。ルソーの『懺悔録』を思い出すこともできるし、ファン・ゴッホの日記や書簡を思い出すこともできる。それらも彼の懺悔だった。

というのも、彼はたいてい孤独だったから。あの偉大な芸術家は芸術に奉仕する驚異的な力をすべての人に示した。彼は人々に人生の美しさを与えようとした。そこで〈関わりあい〉に抵抗し、彼は孤独に陥る。たいていその結論はこうなる。芸術と我々の作る世界の作品は全て、周囲に人々の感情が現われる結晶、あるいは中心である。人々はもっと誠実になり、彼らに誠意が現われる。彼らは互いを違う目で見る。そういうことだ。孤独は最後の最後には、人を死に追いやるかもしれない。なぜなら、それは人間が味わう苦しみだから。その苦しみは耐えられないものになってくる。大人にいじめられる子供は孤独かもしれない。子供は大人に抵抗できないから。

たとえばファシズムだ。ファシズムの結果、彼は絶対的な孤独の中に生まれた。軍隊が小さな国を攻撃して占領しようとすると、選択肢はふたつ。抵抗して死ぬか、そうするなら、君は孤独にならない。あるいは、抵抗せず死なないか。だが、君は完全な孤独に生きることになり、ひとことも話す相手がいなくなる。なぜならファシズムは思考能力や自分らしくあるための力を抹殺するシステムだから。

さらにもう一点、もし人間の関わりあいと…。申し訳ない電話だ。これについてはまだまだ話せる。たとえば孤独について。

——はい、どうぞ。

子供たちの孤独について語れる。子供たちはもちろんお互いと遊びたがる。彼らは熱しやすい。特に6、7歳の子供たちだ。だが、子供たちはわかっていない。心労とは何か。トラウマとは何か。まだ経験していないのだから。死とは何かわかっていない。理解すべきではなく、時がきたら段々に知るべきだ。我々が子供を囲めば、子供たちは耐えられず、すぐに精神的トラウマを負うだろう。

私は子供たちが砂場で遊ぶのをいつも注意深く見ていた。3歳児や4歳児。子供たちは指を口に入れたり、目に入れようとしたりする。彼らはわかっていない。まだコミュニケーション体系を身につけていない。その体系は大人が見守るべきだ。ちょうどよい詩的な文句がある。

〈ライ麦畑の崖の上〉。サリンジャーの『ライ麦畑でつかまえて』だ。その小説の意味のひとつ。この文句が出てくると、その小説の意味のひとつはつぎのことにある。子供たちの遊びを見て我々は感心する。だが、手を握ってないといけない。そこは崖だ。崖に走っていって落ちてはいけない。守らなければならない。彼らの未来の生命を我々が守るのだ。だが我々は大人になると考えるのをやめる。崖に近づいても誰も守ってくれないことを。我々を守ってくれる人は誰もいない。宗教であろうと我々を守れない。だから…孤独とは、自分より上に強い者がいて、それに抗えないことだ。

私がファシズムに言及したのも偶然ではない。なぜなら、ファシズムというシステムに人は抵抗することができず、自分の考えを他人に言うことを怖れる。その相手が警察に行って、自分を密告するのを怖れるからだ。そうなれば破滅だ。それは孤独を一層恐ろしいものにする。残念ながら、ソ連でもそれがあった。社会主義が人類に素晴らしいものを与えた一方で、国の状況や起こっていることを他人に率直に話すのが怖いということもあった。それは沈黙を生み、沈黙は…沈黙の結果、人々は孤独になった。互いを怖れること、これも孤独だ。

――深い孤独により、自分自身を見失うこともあると思います。ノルシュテインさんにとって自然体、あるがままの姿で生きる、というのはどういう状態のことですか。

わかった。

繰り返しになると思うが、自然体であるというのは自分らしくいるということだ。私は誰かの考えに合わせて同じ韻を踏まないようにする。私はあるがままの私だ、自分の過ちもまるごとだ。

それが私にとって自然な状態だ。自然な状態は、それはあらゆる人にとって大切だ。子供にとっても、大人にとっても。老人にとって、とても不自然なのは、ファンデーションをつけたり、髪を染めたり頬紅をつけ始めること。それは不自然だ。いずれにせよ中身は彼のままだから。自分の自然体を外的条件に取り替えようとしている。外的条件で周囲に合わせ始めたら、私には不自然だ。だから、芸術においても、仲間や見知らぬ人に対しても、私は真実のままであろうと努めている。真実のままでなくてもいいなどというのは、たとえば大病を患っている人を相手にするときで、彼に希望を与えるには常に真実を話す必要はない。そのときだけは自分らしくいられないかもしれない。だがそれでも希望をもっていられる。他人に何かする、その人に良い環境を与えるという希望だ。これはとても大切だ。そもそも、人生の哲学を知るのはとても簡単だ。助け合いだ。助け合いの精神だ。これに勝るものはない。芸術が人の中のこの状態、〈他者への好意〉を明らかにするなら、どの人もこの気持ちで幸せになるはずだと思う。

――もしアカーキーが外套を着古したまま、大好きな仕事をする日々を繰り返していたら、彼は十分な幸せにみたされて生涯を過ごしたと思います。

ええ。

――彼は幸せで自由だったのではありませんか？　それともどうでしょう？

幸せだったとしてもやはり自由ではなかった。答えは簡単だ。彼が自由にならなかった理由は、新しい外套は彼の中の未知の新しい何かを見せたからだ。この新しいことは次のように現われた。まさに新しい外套が理由となって、同じ部署ではたらく同僚に誘われ、一緒に働く役人たちと共に、彼は晩餐に出かけたのだ。そういう心理がある。新しい物が人間の中の未知の新しい性質を発揮させる。この場合、アカーキー・アカーキエヴィッチが死んだのは、この晩餐に行って、普段なら寝ている深夜に、ペテルブルグの街を歩いて帰ろうとしたからだ。アカーキー・アカーキエヴィッチは、世界には文字しか存在しないと思って生きている。部署から部署を歩き回り、文字を書く。それだけだ。だが、ここで彼は別の現実に出会った。泥棒や詐欺師もいるし、強盗、殺人、暴行などがある。新しい外套を着ると、彼はそれまでの文字を書いていた時の幸福の一部を失ってしまった。これはとても難しい点だ。彼を作らなければならない。

私はずっと昔にこんな三角形を思いついた。アカーキー・アカーキエヴィッチ、文字、外套。アカーキー・アカーキエヴィッチは文字を愛していたが、のちに外套が現われる。彼は外套に気が向いて、ずっとそれを夢見ていた。彼の文字への愛情は段々影をひそめる。わかるね？彼は自分の状況から起きるドラマ性がわかっていなかった。外套を手に入れて、気が付くと彼も円に入ってしまっていた。より正確には、そこで彼は描かれた円から出てしまった。彼と文字という円だ。彼は世界に出たが、世界を全く知らなかった。それは子供に何かを与えるのと同じで…子供を未知の世界に放り込んだり、砂場から連れ出してすぐに大人の中に入れても、子供は何もわからない。周りに大人がいて喜ぶだろうが。

私は今アカーキー・アカーキエヴィッチのドラマをとても単純に話している。彼は何もわからない世界に入り込み、その日に強盗に遭う。新しい外套があれば幸せなままだったろうが、ゴーゴリは『外套』を書かなかっただろう。彼はこれを小説として研究として書いた。自分の存在に合わない状況に陥った人に何が起こりうるか。それが問題だ。

——どうもありがとうございます。

VI 戦争の終わり

——お聞きしますが、今アメリカの周囲で、世界のいくつかの国が一緒に戦争を行っています。これはファシズムと言えるのでしょうか?

私はそうとしか言えない。それは第一に恐怖だ。互いに真実を話すことへの恐怖。それは常に顔に笑みを浮かべ、今我々が地上に真理を取り戻すと言わんばかり。だが、真理はかなり複雑な話で、そこには生命の巨大な層の巨大な知識が含まれる。それは上級役人のセリフではない。どこかの大統領でも、どこかの企業の責任者でもない。それは長い時間をかけて集まり、まとまる地球の偉大な英知だ。それはキリストの説教であり、仏陀の説教であり、それは偉大な小説にある。セルバンテス[1]にありシャルル・ド・コステル[2]にある。それはスタンダールの小説であり、トルストイの小説であり、プーシキンである。つまり、人類が創ってきた偉大なものすべてである。そこでこそ我々は真理を見つけられる。なぜなら、真理は降って湧くものではない。真理の前には常に幸せな日々か悲劇的な日々が起こる。ここでプーシキンの言葉を引用しよう。私の好きな文句だ。友人への書簡のなかで書いている。〈不幸は良い学校だそうだ。

だが、ひょっとすると〉、とプーシキンは言う。〈幸福は最高の大学だ。なぜなら、幸福は人間を…〉。自分の言葉で言うが、精神的労働、精神的高揚にさらす。これはとても大切な点だ。

だがよくあることだが、我々が幸せと思っているのは他人を愚弄することだったり、自分よりはるかに弱い人や子供を嘲笑するときの優越感だったりする。その人間は表面的には幸せに見えても本当は悪党だ。指導者のなかに入るために、自分の仕事を重要と思っている多くの人々がいる。彼は、たとえば、単に互いに交渉ができるというだけでも重要だと思っている。だが、そういったことが起きなくても、それでも上に立つ者が絶対間違いないと確信するなら、それは罪だ。

ヒロコさん、キューバ危機[3]の時を覚えているかい? キューバ危機だ。キューバ危機だよ。キューバにソ連のミサイル基地を建設しようとした。当時ジョン・F・ケネディが大統領だった。そのとき世界は戦争の瀬戸際だった。覚えていない?

――覚えています。

そうだ。私は確信するが、戦争が起こらなかったのには、ひとつ素晴らしい理由があった。

ジョン・F・ケネディは読書家だった。本を読んでいた。読書は人間を高める。人類滅亡の危機を防ごうとする彼の力を高めた。それを彼は本で読んでいた。ひとりが死ぬか、人類が死ぬか。ある詩人が言っていた。他の誰でも同じことだと。それが彼にもあてはまると知っているはずだ。これはとても大切だ。だが今の欧州連合の会議の話を聞いていると、彼らは本を手にしたことがないと感じる。一度も。自分たちが正しいと確信し、正しさだけでなく、自分たちの説得力や他国への圧力まで正当と確信している。その国を占領したり破壊する目的で、だ。私が言っているのは、ロシアに対するヨーロッパのことだ。

ヒロコさん、もうひとつ、ちょっとした例がある。今まさに…。

――どうぞ。

まさに今、トルコで恐ろしい[4]大地震が起こった。地震の説明は不要だろう。恐ろしいことに4万人以上が亡くなった。この地震は犠牲者数でみれば、原子爆弾に匹敵する。この地震では様々な国が救助に来ている。想像してほしい。地上のある場所に爆弾が落ち、何十万もの人々が死ぬが、そこへは誰も人を助けに来ない。どう考えるべきか。地上で地震は本当に人類の悲劇だ。トルコの悲劇であり、人類の悲劇だ。そこへは救援に行く。一見したところ、人々の団結が現われている一例だ。そしてもう一例だが、国家間の接触手段として戦争はあってはならない。戦争はあってはならない。それだけだ。それで終わりにしなければならない。

もし戦争によって、国家が国内で形づくるイデオロギーの方向を変えられるなら、その国家は、たとえ国連だろうと、その国についてもっとも率直な言葉が語られるべきだ。ウクライナであのファシズムが始まったときロシア以外、誰もファシズムが始まっていると言わなかった。私はこれで十分だと思うが、どうかな？

――日本の新聞各紙は侵略者がプーチンで、悪いのはロシアだと書いています。プーチンは戦争を止めるつもりがないと。

わかるだろう、それは真っ赤な嘘だ。

いかなる戦争もロシアは始めたいと思っていない。ナンセンスで馬鹿げている。だが、あなたの目の前で…。想像してほしい。目の前で強い者が弱い者を虐げようとしていれば、周囲の人々は自然に弱者を守ろうと立ち上がる。ウクライナはドネツクとルガンスク両共和国の領土を空爆し始めた。実際に空爆した。これは事実だ。きっと日本の新聞はそれを書かなかったのだろう。そこにロシア人住民がどれほどいたかも。当然ロシアは気にしていた。それにヒロコさん、[5]ミンスク合意があったことも書かないのだろう。ミンスク合意で多くの問題が解決済みだった。問題は決着したと思えた。ところがだ、最近になってポロシェンコ前大統領がはっきりこう言った。あんな交渉は必要なかった。ミンスク合意は時間稼ぎに必要だった。軍隊を結集して、ドネツク、ルガンスクに進軍するため。そういうことだ。日本の新聞も書けばいい。そこに真実がある。

だから、ここではすべてが逆さまだ。軍隊派遣の話になったのは、両共和国がロシアへの帰属を投票で決めたからだ。かつても帰属していた。両国はソヴィエト政府の指示で１９２０年代にウクライナになった。ウクライナを共和国として確立するためだ。あそこは重工業地帯だし、炭田もあるからだ。ウクライナはそこは昔から自分たちの領土だと主張している。それは全部嘘でデタラメだ。彼らはこの領土に対して、自分に従うべき者に対して、まるで強大で強力な殺人者のように振舞った。両共和国はそれを望まなかった。なぜならウクライナはロシア語を奪った。共和国の諸言語のひとつなのに。そこの住人は大体ロシア人でロシア語を話す。真実が明らかになり始めたら、真実を明らかにする必要がある。そうしたら、この作戦への見方も変わる。もちろん悲劇的な話だ。このことはさらに沢山書かれるだろう。

だが、これは歴史だ。いまや時が証明したように、残念ながら真実だった。膨大な数の人々に関係しているが、私も作戦が始まったときに[6]反対の署名をした一人だ。だが今になって何が起きているか注意深く見ると、ロシアが挑発的な状況に置かれていたとわかった。ロシアは挑発され、これが始まるようにあらゆることがされた。

２０１４年のメッセージ

一節を朗読しよう。これは14年の私の文章だ。２０１４年だ。両共和国への空爆が始まった年だ。この文章は[7]クロック映画祭に関係している。ロシア・ウクライナのこの映画祭を覚えているか？　汽船の船上で行われた。私は名誉会長として毎年メッセージを書いていた。映画祭へのメッセージ、若者へのメッセージだ。私の前にある文章は２０１４年のものだ。当時私が何を書いたか朗読しよう。今朗読しよう。いいかい。

私たちは出会いを祝い、新しい映画や名前を喜びました。ですが、今日、私たちは問いかけます。

――「我々は一体どこに向かうのか？…」

これはプーシキンの言葉です。

問いは、砲声の下、弾丸の風切音の下、私たちの心の中にあります。問いは兄弟殺しの深淵にあり、それはゆっくりと、身の毛もよだつものとなって見えてきます。これは何なのか？

心の沈黙か、理性の沈黙か？　荒れ狂う時の流れの中で、私たちは友人、身近な人、血のつながった親戚まで失ってしまうかもしれないと、考えているか？　現在の狂気の中に勝者はいないと私たちはわかるか？　血の匂いと、子供たちの声にならない長い叫びのサイレント映画だけです。

個人、あるいは全体の優位をイデオロギー的に立証しようという狂気の中で、私たちは自分たちの存在意義そのものを失うでしょう。私たちはアニメーションのようで、そして、私たちは全体の現実生活の一部のようです。

これを書いたのは２０１４年だ。空爆が始まり、ウクライナ軍が投入され始めたときだ。

――その映画祭はなんという名ですか?

映画祭の名前は〈Крок《クロック》〉。〈Крок〉はウクライナ語で、ロシア語なら〈Шаг《シャーク》（「一歩」という意味）〉。〈Крок〉だ。そのとき我々は互いに会って映画祭を祝った。絆を深める一週間だった。我々は皆友人だ。みんな友人だ。そういうことがあった。だが誰も気にも留めなかった。だが私はそのとき書いた。すべてが始まろうとしていたときだ。

だからプーチンが戦争を望んでいると書く日本の新聞は黙らせて新聞をケツに突っこめばいい。

先に進もう。これについては止めましょう。

――お手許に才谷さんからの質問がありますね。覚えていますか?

ああ、あるよ…。

――もちろん不幸な戦争ですが、私はとても…できるだけ早く終わってほしい。不幸な戦争です。これについてはどう思われますか？　どのくらい続くでしょう？　どう終わるでしょう？

私が思うのは…自分がどれほど正しいか真実に近いかわからないが、だが、さしあたり今はウクライナの背後に無知な指導者がいる。米国、バイデンのことだが、ウクライナで起きていることについて、彼は満足そうに手をこすり合わせている。これでは終わらない。彼らにはウクライナの勝利もロシアの勝利も必要ない。重要なのは、二国が互いに破壊しあうこと。漁夫の利だ。よくある筋立てで、シェイクスピアを思い出す。シェイクスピア的だが、不幸にも誰もシェイクスピアを読まない。どうも我々のところでは芸術はなにか人間にとって娯楽芝居と思われているらしい。〈楽しませてくれたら、ちょっと寝る〉というように。バイデンは本を読まないと思う。ゼレンスキーがどれだけ芸術をわかっているかも私は知らない。その意味ではプーチン大統領についても何もわからないが、だが、彼は文化についてたくさん言及している。文化の話がお飾りではないことを期待しよう。

だがさしあたり、今後の事態の進展が、無理やりの進展だろうが、第三の誰かの都合や利益の方向へ向かうなら、戦争は終わらない。ヨーロッパはまったく無知な連中が集まっていると、言わざるをえない。どこかではドイツ出身の元スポーツ選手の女性が外相で、別の外相は産婦人科医で、3人目は誰だったか、名は何といったか…自分の任期中に何もやらなかった。10年、いや9年前だ。戦争開始を避けるために、人々が殺し合う事態を回避するために、そいつは何もしなかった。それはどこかの第三者に好都合なようだ。この悪夢はまだ続くかもしれない。1か月どころか、1年でもなく…。今、実際、じかに若者たちが殺されているのを見ていない。若者たちは互いに殺し合っている。

これは大惨事だ。もうすぐウクライナには死者の埋葬場所もなくなる。負傷者はどこへやる？まだここにはリアルな声が聞こえてこない。彼らはリアルな声を聞かせたくない。彼らはリアルな声を全力で黙らせる。あらゆる手段、監査機関や情報機関を使って、全力でだ。彼らに必要なのはただ、この2千キロの国境がずっと病んで血を流すこと。腫瘍や壊疽が彼らには必要なのだ。それを必要としているのは第三者だ。どのような思慮をめぐらすべきか私にはわからない。どういう思慮か。いつになったら互いの声を聞くようになるのだ。人々の惨劇は、互いの声を聞くのを止めたことにある。自分のよくわからない目的に誰もが向かっている。どんな目的かは何とも言えない。私は政治家でない。

ウクライナに大勢友人がいる。多くが国を出た。イスラエル、米国、ポルトガルなどへ。英国に行った者もいる。本当に大勢の友人や知人、身近な人々が去った。彼らの声は聞けない。彼らが何を考えているか私にはわからない。それが恐ろしい。

私はいつも芸術という言葉で話を締めくくる。芸術と文化は、人間を野蛮化から守る唯一のものだ。だが今はそれも必要とされない。それでは我々は野蛮化する。それは万人の悲劇になる。しかもヒロコさん、何か得をしようと思っている人ですら、勝つことはない。彼らも勝ちはしない。彼らは空虚な世界に暮らすことになるから。彼らが生きて、周囲に叫んでも、こだまは返ってこない。そもそも、私にとってこれは、人類の命運に破滅的な流れのひとつ、最大の悲劇のひとつだ。もちろん、強い者が世界に号令をかけているかぎり、どうにもならない。どうにもならない。だから人は相手に会うべきだ。そういうことだ。

——この戦争は、いったい何時、どんな形で終わるのでしょう？

いつも言われていることは、戦争は平和条約の締結によって終わるということだ。それが出来ていないときは、相手を辱めることなく、交渉を続け、相手の眼の中の真実を見る必要がある。それと、プーチンがしゃべっているファシズム、それは、ウクライナで咲き誇っている。これまでの大統領の一人が、バンデラを墓から引き出してきて、彼を象徴にした。マイダン革命のあとの大統領のひとりが、バンデラを墓の中から引き摺り出してきて、比喩的に言うならば、彼をウクライナの旗に、ウクライナの英雄にした。まさに、ここから悲劇は始まった。彼は、多くの性格からして英雄などではありえない。なによりも彼は犯罪者だ。彼は、ポーランドの住民たち、ユダヤ人たちに対して多くの犯罪を犯してきた。経歴全体が犯罪の上に打ち立てられている。こうしたことがなかったならば、この偽の英雄が出現しなかったならば、ウクライナの旗などと呼ばれなかったなら、今日のこの戦争はなかっただろう。

すべてが些細なことから始まる。しかし、ひとりの人間がもう一人の人間の眼を覗き見るその能力によって終わらせなければならない。ここで私があなた方に言いたいことは、クリスマスに兵士たちの間で作り出される平和のことだ。お互いに客人になったこともないし、プレゼントを贈り合ったこともない。しかし、ひとりの兵士がもう一人の兵士にプレゼントを贈ると、もう一人はその人間性を感じ取り、それに呼応するように、本人ももう一人に向き合い、そこに、あなたと同じ人間を見て取る。もしも、こういうことが起こらないならば、それぞれが、自分だけに固執しつづけるならば、そして、その背後に、絶えなくウクライナとロシアを衝突させつづけようとする国がありつづけるならば、戦争は永遠に終わらないだろう。

《クロック映画祭でのスピーチの全文》

時は来た：我々の青春の祝日は輝き、騒ぎ、バラの冠に飾られ
そして、歌にグラスの触れ合う音が混ざり合い、
そして、我々はひしめく群れのように座っていた

〔プーシキンの詩《Памяти А. П. Кернера「アンドレイ・カルロヴィチ・ケルネールへの追悼」》より〕

25年前、クロック映画祭はアニメ映画制作の歓喜に包まれながら、進水し、船鐘を鳴らし、出航しました。「当時、心底のんきで無知な〔プーシキンの詩《Памяти А. П. Кернера「アンドレイ・カルロヴィチ・ケルネールへの追悼」》より〕」私たちは、どこへ何の目的で航行するのかを知っていました。キエフからドニエプル川に沿って黒海へ、ヴォルガ川に沿ってモスクワからニジニ・ノヴゴロドへ、あるいは、カマ川に沿ってか、サンクト・ペテルブルグからラドガ湖に沿って進む。私たちは出会いを祝い、新しい映画や名前を喜びました。ですが、今日、私たちは問いかけます。

――「我々は一体どこに向かうのか?…」

この問いは飾りでもレトリックでもありません。問いは釣り針のように、簡単に引っかかりますが、引き抜くと肉も一緒に取られます。問いは、砲声の下、弾丸の風切音の下、私たちの心の中にあります。問いは兄弟殺しの深淵にあり、それはゆっくりと、身の毛もよだつものとなって見えてきます。これは何なのか? 心の沈黙か、理性の沈黙か? 荒れ狂う時の流れの中で、私たちは友人、身近な人、血のつながった親戚まで失ってしまうかもしれないと、考えているか? 現在の狂気の中に勝者はいないと私たちはわかるか? 血の匂いと、子供たちの声にならない長い叫びのサイレント映画だけです。

個人、あるいは全体の優位をイデオロギー的に立証しようという狂気の中で、私たちは自分たちの存在意義そのものを失うでしょう。私たちはアニメーションのようで、そして、私たちは全体の現実生活の一部のようです。

イデオロギー、まさにこれがすべての不幸の源です。というのも、それは人から自分で考える能力を奪います。それは敵を探し出すための栄養豊富なスープです。いとも簡単に。しかも、どんなイデオロギーかは重要ではありません。経済的だろうと、政治的だろうと、市場的だろうと、宗教的だろうと。イデオロギーは個人的な作業と責任感を奪い、その金切り声は個人を飲み込みます。それはすべての人々を結びつけます。血によってのみならず、金によって、指導者が絶対的に正しいと信じることによって、腐敗によって。そして一番重要なのは、個々の考えを恐れることによって、すべての人を結びつけるのです。

イデオロギーは、顔の代わりの醜い面です。顔は、あなたの行為、苦痛をともなう考え、あなたの臆病さ、あるいは野蛮さの跡です。人生は、あなたの行動という現像液に浸けられた、長時間連続露光されたフィルムです。気づいていようといまいと、私たちは常に顔を見せている――それは心と知性のまとまりです。別々ではそれらは完全ではありません。

英雄に心を委ねよ！

いったい心なしでは彼はどうなる？　暴君…

〈プーシキンの詩《Герой「英雄」》より〉

ヴァジャ・プシャヴェラは(8)、こう書きました。「私の顔の皮が分厚くなりませんように」と。大儲けをしているオリガルヒの顔、厚い粘土のような皮の中で甘ったるく細めた彼の目が見えます。最高に心地よい経済的優越感です。こんな場合、なんのために芸術全般、とりわけ、アニメーションが必要なのか、という疑問が生じます。

そして、先に述べたような顔を見れば、答えはただ一つしかありません——思考や感情のためではない。彼、彼の妻、彼の子供たち、彼の警備、彼のヨット、彼のみっともない生活を守るための軍隊の誤った気まぐれのためです。一人の無意味なオリガルヒの生活がどれだけの数の犠牲者に相当するのでしょう？　彼の狂った仮説に脅威があれば、犠牲者は数え切れない。

今日の芸術界は、フランシスコ・デ・ゴヤの時代、無慈悲な勇気と真実の時代に違いない。今日、怪物を生み出した理性の眠りは、地球の広大な領域を覆っています。そして、私たちには、自分自身のままでいながら面と向かって真実を話す勇気が足りていません。私たちの映画は問いかけるでしょうか？　心からの反応を呼び起こすでしょうか？　自分自身の人生や思想のイデオロギーへの疑問を、誰かの目に起こせるでしょうか？　それは何を明らかにするのでしょうか？　装飾的な手法として、苦しみから解放された誰かの死んだ人生のレストランのサービスとして、残るのでしょうか？

クロック２０１４は、若者たちの創作の見せ場です。彼らは、10年もすれば完全な創造力を発揮する人たちであり、あるいは、すでに発揮しているかもしれません。私は彼らに、騒ぐことのない思想の独立と、ノイズ効果を使って自分の創作の権利を証明したいという渇望を持たない芸術への依存を望みます。私は彼らに早く理解してもらいたい。彼らはリハーサル中ではなく、すでに生きているということを。そして、人生の瞬間は近づいてきて、すぐそばにきたかと思えば、もう、またたく間に通り過ぎてしまう。見送るしかなく、前を向くと、木々から落ちる秋の葉のように、新しい瞬間が顔に飛んでくる。私は若い人たちに、自然の中に存在の現象を見てほしいと願っています。それは、はっきりと物語っています——生命は動き、疾走し、飛んでいくと。彼らは失う瞬間が来ることを知らなければなりませんが、その損失は都市を砲撃する大砲によるものではありませんように。砲弾の爆発ではなく、破滅的な犠牲を払ってでも自分の規律を押し付けようとする誰かの願望でもなく、生命の歩みが君臨しますように。

この文章を読んでいる人にも、ニコライ・ゴーゴリ（おそらくウクライナ最高の天才ですが、なぜか偽愛国者たちにはますます無縁になっています）、彼のスピーチを聞いてもらいたい。彼の言葉は次のとおりです。

すばらしくて気まぐれなお客様、喜びは私たちから飛び去り、
孤独な音が歓喜を無駄に表現しようとしているではありませんか？
その響きの中で彼にはすでに悲しみと砂漠が聞こえており、おそるおそる聞いている。
嵐のような自由な青春の活発な友人たちが、一人また一人と世を去り
ついには、彼らの年老いた兄弟を一人置き去りにするようではないか？
残された者は寂しい！
そして、心は重く悲しくなり、何も彼を助けることはできない。

N・ゴーゴリ《ソローチンツィの定期市》　ゴーゴリは当時23歳だった！

私たちは知識の量を知性とみなします。私の知人の一人は、国の高官の名前を挙げて、こう言いました。

「いいかい、彼はインテリだ。4か国語を話す!」

それに対して私はこう答えました。

「じゃあ、彼は人間の言葉を習得したか?」


他人の中に人を見る能力だけが、自分とその人をつなぐ共通の交差点を見つけたいという願望だけが、結果として、他人に対する優位の渇望ではなく、自分自身を高める困難な仕事をもたらすのです。すべての頂点であり続けるのは文化、科学、教育ですが、最も大切なのは思いやりの心を育てることです。これらすべての状態をまとめると、思考の中に留まるチャンスが与えられ、そうすれば自分の兄弟を見つけて孤独に対処することがずっと容易になるでしょう[9](F・S・ヒトルーク監督の映画『にぎやかな無人島〔ロシア語題:Остров〕』を参照)。

ユーリー・ノルシュテイン
2014年

《注》

I　午前10時のモスクワから

（1）アレクサンドル・ペトロフ　Aleksandr Konstantinovich Petrov（1957-）アニメーション監督。ノルシュテインの教え子。『老人と海』（1999）でアカデミー賞短編アニメ賞を受賞。他に『春のめざめ』（2007）など。

（2）アレクサンドル・ネフスキー　Aleksandr Nevskii（1220ころ-1263）中世ロシアの英主。軍事的才能に恵まれ、1240年7月15日には、弱冠20歳でネヴァ川から上陸したスウェーデン軍を小部隊で急襲、敗走させ、ネフスキー（〈ネヴァ川の〉の意）とたたえられた。民間の口碑伝説でも名高く、ロシアの代表的な国民的英雄の一人である。1938年、セルゲイ・エイゼンシュテインにより映画化された。

（3）ミハイル・トゥメーリャ　Mikhail Bronislavovich Tumelya（1963-）ベラルーシのミンスク生まれ。ミンスクの映画スタジオ「Belarusfilm」でアニメーション監督、脚本家、アニメーターとして活動。ノルシュテインの教え子。

（4）ミハイル・アルダーシン　Mikhail Vladimirovich Aldashin（1958-）ロシアのトゥアプセ生まれ。

アニメーション監督、アーティスト、プロデューサー。ノルシュテインの教え子。

（5）2022年2月24日（現地時間）に、ロシアがウクライナに侵攻した軍事作戦のこと。

（6）ドンバス　ウクライナ南東部に位置する地域。現在のドネツク州、ルガンスク州にあたる。

（7）ルガンスクの自治領「ルハンスク」ともいう。ウクライナの最も東部の州に位置し、マイダン革命（2014）の余波により、2022年、「ルガンスク人民共和国」として独立を宣言した。ウクライナ政府は宣言の有効性を否定している。

（8）フランチェスカ・ヤールブソワ　Francheska Alfredovna Yarbusova（1942-）　ノルシュテイン作品の美術監督であり、パートナー。カザフスタンのアルマータで生まれ、モスクワで育つ。全ソ国立映画大学（VGIK）美術学科を卒業後、1965年からソユーズ・ムリト・フィルムで仕事を始める。ノルシュテインの主要なアニメーション作品の美術監督として、エスキースや撮影素材などを制作。また、絵本の挿絵も手がけている。

（9）ステパン・バンデラ　Stepan Andriyovych Bandera（1909-1959）　第二次世界大戦前に結成されたウクライナ民族主義者組織（OUN-B）の指導者。ウクライナを支配していたソ連からの独立を期し、武力闘争による抵抗運動を展開した。その一方で、ナチスにも協力し、多くのポーランド人、ユダヤ人の虐殺に加担したとされる。ウクライナでは、脱ロシア化の流れのなかで、バンデラをウクライナ独立の闘士として称えるようになった。イスラエルとポーランドの駐ウクライナ大使は2020年1月、「民族浄化を掲げた人間を顕彰するのは許されない」と非難声明を出している。

(10)　ウクライナでは西部はウクライナ語、東部はロシア語の話者が多く、これまでも言語の使用により両者間で対立があった。親ロ派のヤヌコーヴィチ政権は、2012年に「国家言語政策の基本に関する法律」を制定し、話者が人口の10%以上にあたる場合、「地方言語」としてその言語の該当地域における公的な使用を認めた。本法は事実上の対象がロシア語であったため、親ウ派から批判を呼んだ。2014年の政治騒乱を経てウクライナの言語政策はウクライナ語の普及に動き、2018年に憲法裁判所が「国家言語政策の基本に関する法律」を違憲と判断し、翌年4月にポロシェンコ政権は「国家語としてのウクライナ語の機能保全に関する法律」を制定する。ウクライナ語を国家の象徴として位置付けた上で、行政・教育・顧客サービスなどの幅広い公的分野でウクライナ語の使用を義務付けていた。

(11)　2022年9月26日、ロシアとドイツを結ぶ天然ガスのパイプライン「ノルドストリーム」が何者かに爆破された。ウクライナの少数特殊部隊とする説、ロシアが関与したとする説、アメリカが関与したとする説など、さまざまな説が存在していた。ドイツ政府は捜査結果に言及することを避けていたが、2024年8月、ドイツの検察当局はウクライナ人の男が関与していたとして逮捕状を取った。

(12)　セイモア・ハーシュ　Seymour Hersh（1937-）　ジャーナリスト。ベトナム戦争のソンミ村虐殺事件の告発などで1970年度ピューリッツァー賞を受賞。

(13)『ウクライナ・オン・ファイアー』（2016／監督：イゴール・ロパトノク／製作総指揮：オリバー・ストーン）　2014年のマイダン革命に至る歴史的経緯を追ったドキュメンタリー映画。ロシアのプーチン大統領やウクライナのヤヌコーヴィチ元大統領へのインタビューを収めており、ロシア側の視点で作られた映画であるとの批判もある。マイダン革命をテーマに扱ったドキュメンタリーとしては、デモ参加者側の視点に立った『ウィンター・オン・ファイアー』（２０１５／監督：エフゲニー・アフィネフスキー）、観察者的視点で革命を記録した『マイダン』（２０１４／監督：セルゲイ・ロズニツァ）などがある。

（14）エーデルワイス　２０２３年2月14日、ウクライナのゼレンスキー大統領はウクライナ陸軍の第10独立山岳強襲旅団に「エーデルワイス」という称号を与えた。ナチス・ドイツの第1山岳師団が使用していた記章もエーデルワイスの花であったことから、プーチン大統領はナチスになぞらえて批判した。ナチス・ドイツのこの師団は第二次世界大戦中、数々の戦争犯罪を行ったとされている。これに対し、英のBBCニュースは、エーデルワイスは他のヨーロッパ諸国の山岳軍事師団のシンボルとしても使われているものだと指摘した。

II 『話の話』からみえること

（1）『話の話』（１９７９／30分）ノルシュテインの代表作として知られている作品。国際映画祭での受賞も多く、１９８４年にアメリカ・ロサンゼルスで行われた、映画芸術アカデミーがハリウッドＡＳＩＦＡと共催した国際アンケートで『話の話』が〈歴史上、世界最高のアニメーション映画〉として認められた。

（２）ヴォロディミル・ゼレンスキー　Volodymyr Oleksandrovych Zelensky（１９７８-）　２０１９年より第6代ウクライナ大統領。ウクライナ語に準ずるとヴォロディミル・ゼレンシキー（Володимир Зеленський）であるが、日本では、ゼレンスキーとの表記が定着しているため、この表記を用いる。

（３）フィンセント・ファン・ゴッホ（１８５３-１８９０）が生前、弟テオや、その家族、親友の画家エミール・ベルナールに宛てた手紙。

（４）ペトロ・ポロシェンコ　Petro Oleksiyovych Poroshenko（１９６５-）　菓子メーカーのオーナーでもあり、国家安全保障、外相等の要職やウクライナ国立銀行の理事長を経て、第5代ウクライナ大統領（２０１４-２０１９）。

（５）２０１４年のマイダン革命以降も、ドネツク、ルガンスクでは分離主義勢力とウクライナ暫定政府との間で武力衝突が続いていた。ウクライナ暫定政府は「対テロ作戦（ＡＴＯ）」として軍事作戦を展開し、２０１４年5月に当選したポロシェンコ大統領もそれを引き継いだ。

（６）ドネツク　ウクライナ南東部に位置する同名州の州都。現在はウクライナ最大の大工業都市であるが、１８６０年代には誕生したばかりの炭鉱町にすぎなかった。炭鉱・金属関係を中心とする労働者の町という性格から、強力な労働運動の伝統をもち、十月革命期にはウクライナの革命派の拠点であった。２０１４年、「ドネツク人民共和国」として独立を宣言したが、「ルガンスク人民共和国」とともにウクライナ政府は宣言の有効性を否定している。

（７）ブラート・オクジャワ　Bulat Shalvovich Okudzhava（１９２４-１９９７）　詩人。グルジア（現

ジョージア）人の父とアルメニア人の母のもと、モスクワで生まれる。18歳で学徒兵として第二次世界大戦に従軍。スターリン批判後に詩人としてデビュー。自作詩をギターにあわせて歌う〈吟遊詩人〉としても有名。抒情性と軽妙な風刺、哀感あふれる詩作品で知られる。

（8）アレクサンドル・プーシキン Aleksandr Sergeevich Pushkin（1799-1837）詩人。モスクワで、古い家柄の貴族の家に生まれる。外務省に勤務しながら詩作をはじめ、若い世代の熱狂的な支持を得た一方で、デカブリストたちに共感した政治詩を書いたため、南ロシアへ送られた。1824年、無神論を肯定した手紙が押収されたために官職を解かれ、プスコフ県ミハイロフスコエ村の領地で謹慎を命ぜられた。この地での自然やロシア・フォークロアの世界とのふれあいがプーシキンをロシアの国民詩人へと成熟させた。皇帝ニコライ1世の温情によってモスクワへと戻るが、皇帝を讃えるような詩が書けないプーシキンは、皇帝によって一言一句を検閲され厳しい監視下に置かれることとなる。絶世の美女とうたわれたナターリアと31年に結婚。その頃に〈ボルジノの秋〉と呼ばれる充実した創作の時を過ごし、多くの作品を生み出した。ナターリアをペテルブルグの社交界にとどめおくことを欲した皇帝は33年、プーシキンをごく若い貴族の青年に与えられる役職である小侍従に任命する。屈辱的な名誉を与えられたプーシキンは、世俗権力との衝突と苦悩の中で、ゴーゴリやドストエフスキーの〈ペテルブルグ物〉の先駆けといえる小説『スペードの女王』（1834）、プガチョフの乱に材をとった歴史小説『大尉の娘』（1836）等を書いた。妻とフランス士官G・ダンテスとのスキャンダルに巻き込まれ、37年1月27日、ダンテスとの決闘で致命傷を負い、2日後に37年の生涯を閉じた。プーシキンの文学の魅力は、人間の自由と尊厳をうたいあげる情熱と、平明簡潔さ、音と意味の完璧な結びつき、叙述の自然さと言われる。ロシアの国民性をその文学世界の中に形作った功績は大きく、今もなおロシアの人々の心の拠り所となっている。

(9)『アンギアーリの戦い』 1440年にミラノ軍とフィレンツェ軍との間で起こったアンギアーリでの戦いの中の「軍旗争奪」の場面を描いたもの。レオナルド・ダ・ヴィンチが、シニョリーア宮殿（現ヴェッキオ宮殿）の壁画として依頼を受けたが、実験的な手法で描いたため、その後消失。1603年、ペーテル・パウル・ルーベンスにより複写された。

(10) レフ・トルストイ Lev Nikolaevich Tolstoi（1828-1910） 作家。伯爵家の四男として、ヤースナヤ・ポリャーナに生まれる。カザン大学中退後、農地経営に没頭した後に、原始的でルソー的理想を実現しているかに見えるコサックのもとで軍人生活を送り、クリミア戦争（1853-1856）に従軍。その戦争記録『セヴァストーポリ物語』（1855-1856）で国家的栄誉を得る。〈生きる喜び〉を欺瞞として断罪した『懺悔』（1882）以後、道徳家的な面が強く表われることになる。キリスト教の〈山上の垂訓〉に基づき、文明の悪に抗して、オプロシチェーニエ oproshchenie（簡素で農民的な生活を送ること）を理想としたいわゆるトルストイ主義といわれる教義が生まれた。『幼年時代』（1852）ののち、数々の短編、中編を発表しながら地位を確立。文明に対する自然の優位というトルストイの持説が物語の中にみてとれる『コサック』（1853-1963）、創作期頂点の2作品『戦争と平和』（1865-1869）、『アンナ・カレーニナ』（1875-1877）を生み出した後も、『イワン・イリイチの死』（1886）など傑出した作品を残した。真実の探求者、伝道者として、世界はトルストイの主張を支持したが、家庭内で自らの主義を実践しようとして妻と衝突し、『ハジ・ムラート』（1896-1904）の完成後、自分の教説どおりに晩年を過ごそうと家出をし、その道半ばにして、中央ロシアの寒村の駅アスターポヴォで肺炎のため亡くなった。明治期には日本にも紹介され、単なる作家としてだけではなく、思想家、人類の良心として武者小路実篤などの作家たちに尊敬され、その教義や主張は熱狂的に日本の読者にも受け入れられた。

(11) 祖国戦争　ナポレオンによる1812年のモスクワ遠征を、ロシアでは一般に祖国戦争という。

(12) 大祖国戦争　ロシアおよび一部の旧ソ連諸国では、ナチス・ドイツの1941年6月のソ連侵攻から1945年5月9日の降伏までの戦争を大祖国戦争と呼称している。

(13) ニコライ・ゴーゴリ　Nikolai Vasil'evich Gogol'（1809-1852）　作家、劇作家。ウクライナの小村ソロチンツィでコサックの血筋を引く小地主の家に生まれる。中学卒業後、生活のために下級官吏となり、新聞・雑誌にエッセーなどを投稿しはじめ、ウクライナの農村を舞台にした短編8つから成る小説集『ディカニカ近郷夜話』全2巻（1831-1832）で一躍文名があがった。これらは民間伝承をベースに、陽気さと諧謔と無気味さの入り混じった詩的物語である。このころにプーシキンと知り合い、大きな影響を受けて作家としての志を深めた。その結果生まれたのが〈ウクライナもの〉の作品集『ミルゴロド』（1835）と、〈ペテルブルグもの〉と呼ばれる都会小説の『ネフスキー通り』（1835）、『狂人日記』（1835）、『鼻』（1836）などである。〈ペテルブルグもの〉では、近代都市のなかに土俗性を感じさせながら、ロマンチックな夢の世界と醜悪で卑俗な現実の相克のなかで、その現実に敗れていく〈小さな人間〉の悲劇が〈涙を通しての笑い〉で描かれている。官僚社会の悪を徹底的に暴いた戯曲『検察官』（１８３６初演）が帝政ロシアの社会を痛烈に批判したとして、賛否の激しい論争を巻き起こしたため、１８３６年から48年に至る12年間を外国で過ごすこととなる。この間、生涯の大作『死せる魂』第１部（１８４１）の執筆に専念するとともに、小説やエッセー、戯曲を手がけ、〈ペテルブルグもの〉の最高傑作『外套』（１８４２）などを書いた。ところが、そのころから俗物などの否定的な形象のみを描く自己の創作に疑念を抱くようになり、宗教的・神秘的世界にのめりこんでいく。人々を光明や真理に導くものを描くべきだとの理念を注いだ『死せる魂』第２部を書いたものの満足せず、原稿を焼却。そのまま錯乱状態に陥り、10日後の１８５２年２月21日（旧暦）に没した。ゴーゴリはロシア・リアリズムの祖とされ、ドストエフスキーの初期作にもその影響がみられる。幻想的で奇想天外な主題を、グロテスク、細部の誇張などで写実主義的に描くその手法は、20世紀のモダニズム文学にも大きな影響を与えたと言われている。

(14) アントン・チェーホフ Anton Pavlovich Chekhov（１８６０-１９０４）作家、劇作家。アゾフ海に面する港町タガンログで、雑貨商の三男として生まれる。16歳の時に父が破産してモスクワに夜逃げした後、ひとり故郷に残り自活して中学を卒業した。モスクワ大学医学部に入学して医学を学ぶかたわら、ユーモラスな小品を雑誌、新聞に書きまくり家族を養った。医者となった後、かつてドストエフスキーを文壇に送り出した老作家Ｄ・Ｖ・グリゴローヴィチの忠告から、より真剣に文学を志すようになる。有力な保守派の新聞《新時代》の社主スヴォーリンの知遇を得て、彼の新聞に寄稿するようになってから経済的余裕も生まれ、よく練り上げられたチェーホフ独自の作風が育っていった。1887年の戯曲『イワーノフ』の上演により劇作家としての地位を確立するが、文学者としての自身の生き方に疑問を抱くようになり、1890年、結核の身をおしてサハリン旅行を決行する。当時、大変な困難であったこの旅を通じ、現地の詳細な観察に基づいた短編『シベリアの旅』（1890）や、『サハリン島』（1893-1894）と題するルポルタージュを書いた。1892年、モスクワ州メリホヴォに別荘を求めて住み、この地で飢饉の救済やコレラ防疫、学校の建設などの社会事業に参加しつつ、中編『六号室』（1892）、『わが人生』（1896）、戯曲『かもめ』（1896）、『ワーニャ伯父さん』（1897）などの傑作を書いたが、1899年、病気療養のためクリミアのヤルタに移った。晩年は戯曲の革新のために捧げられ、1901年5月にはモスクワ芸術座の女優オリガ・クニッペル Ol'ga L.Knipper と結婚。1904年、病状が悪化し、南ドイツのバーデンヴァイラーに転地、その地で死去した。『かもめ』、『ワーニャ伯父さん』、『三人姉妹』（1900-1901）、『桜の園』（1903-1904）の四大劇が世界の近代劇に及ぼした影響ははかりしれない。

（15）イッポリート・ピンデモンテ Ippolito Pindemonte（1753-1828）イタリアの詩人、悲劇作家。

（16）ルーシ Rus'、ロシアの古名。人種的・民族的な概念としての部族の名称なのか、それとも部族連合体＝同盟を呼んだのか、または一定の地域を指す地理的用語かについては意見が分かれる。言葉の由来や起源についても長い間議論されてきた。

(17) フィン人は、フィンランドを中心にヨーロッパ北部に定住し、フィン語系の言語を母語とする諸民族のこと。ツングースとは、満州、シベリア、極東地方に住み、ツングース・満州語派の諸言語を母語とする諸民族。ステップとは、ロシア語のstep'(草原)に由来し、温帯草原、荒草原などともいう。カルムイクは、ロシア連邦内のカルムイク共和国ハリムグ・タンガチのこと。

(18)『イリアス』 古代ギリシアの詩人ホメロスによってつくられたとされる英雄叙事詩。ギリシア最古期の文学作品。

(19)『オデュッセイア』 同じくホメロスの作。『イリアス』の後日譚を描いた英雄叙事詩。

(20) パーヴェル・フェドートフ Pavel Andreevich Fedotov(1815-1852) 画家。演劇的な構図の風刺的な風俗画を描いた。

(21) 正しくは『桜の園』と思われる。『桜の園』はチェーホフ四大劇最後の作品。1902年、チェーホフ42歳の夏に着想され、翌1903年の秋に書きあげられた。モスクワ芸術座が上演したのは、あくる1904年1月17日、チェーホフ44回目の誕生日であった。チェーホフが亡くなったのは、その5か月後である。

(22) フョードル・ドストエフスキー Fyodor Mikhailovich Dostoevskii(1821-1881) 作家。医師の次男としてモスクワで生まれる。陸軍中央工兵学校に在学中、西欧文学に触れる。卒業後、工兵団製図局に勤務するが、文学への志を捨てられず退役して書いた『貧しい人たち』(1846)が絶賛される。

ユートピア社会主義のサークルに参加するが、1849年に逮捕される。同年12月22日、銃殺刑を申し渡されるが、執行直前に停止され、4年の懲役刑と兵役義務の判決を受ける。シベリアへの流刑ののち、セミパラチンスクの守備大隊に配属され、1859年に兵役解除となり、ペテルブルグへ戻る。『死の家の記録』（1862）には、この時の獄中体験の影響がみられる。1861年、農奴解放令が発布された混乱のロシア社会の渦中で『虐げられた人たち』を生み出す。1864年に妻と兄が立て続けに亡くなる。同年、自意識に苦しむ人間の内面を鋭く描いた『地下室の手記』を雑誌〈エポーハ〉に発表。続けて、殺人を犯した貧しい青年の魂の遍歴を辿る歴史的傑作『罪と罰』（1866）を発表し、一躍文名があがる。外国を転々としながら『白痴』『永遠の夫』（1870）、『悪霊』（1872）と次々と作品を生み出す。ペテルブルグに戻り、週刊誌〈市民（Grazhdanin）〉の編集者となる。雑誌に『作家の日記』として随想、評論、批評などを掲載し、遺作となる『カラマーゾフの兄弟』（1879-1880）でその文学的世界を結実させた。本作は世界文学史上最高の作品のひとつとして評される。1881年1月28日に死去。日本では1892年、内田魯庵によって紹介されて以後、知識層に浸透し、長い間読み継がれている。近代の人間の難問と苦悩への思索者として、日本でも多くの作家や知識人たちに影響を与えた。

（23）『大学生』　厳寒のロシアで、焚き火で暖をとる大学生が、その村に暮らす母と娘に『福音書』にあるイエスとペテロのやりとりを話しきかせる様子を描く。

（24）『ハジ・ムラート』　軍事的天才と謳われた実在の人物、ハジ・ムラートを主人公に、ロシアとその敵対者となるイスラーム神秘主義に帰依する宗教的闘士たちとのはざまからカフカーズの力強い〈生〉を描いたトルストイの晩年の作品。トルストイは1851年、23歳のときに赴いたカフカーズでハジ・ムラートの投降事件に接しており、晩年のトルストイが青年期の体験に立ち戻り、人間の情念や誇り、生命を讃えた作品となっている。

Ⅲ　今日生まれうる芸術

（1）ソユーズ・ムリト・フィルム　1936年、モスクワに設立されたアニメーションスタジオ、制作会社。旧ソ連圏で最も影響のあるアニメーションスタジオであり、優れた作品を数多く生み出している。国内外の映画祭での受賞作も多い。

（2）アンドレイ・フルジャノフスキー　Andrey Yurievich Khrzhanovsky（1939-）アニメーション監督。1962年、全ソ国立映画大学（VGIK）を卒業後、ソユーズムリトフィルムにてアニメーション映画に携わる。不条理コメディやプーシキンの詩をもとにした作品などを数多く手掛ける。『DAU.ナターシャ』（2020）の監督イリヤ・アンドレーヴィチ・フルジャノフスキーの父親。

（3）ニコライ・アンドローノフ　Nikolai Ivanovich Andronov（1929-1998）モスクワに生まれる。1963年にニーコノフ、ヴェイスベルク、エゴルシナらとともに〈七人組〉を結成、抽象と具象、モデルと絵画性の統一を追求した。同年、ソ連邦芸術家同盟を追放される。とはいえ、〈地下のタイプの意識〉の画家ではなく、伝統的なタイプの〈画家＝絵描き〉に属している。作品『荷積みいかだ夫たち』（1961）などには労働者の凛々しい、エネルギッシュで活動的な姿が描かれている。『キリーロフ空港』（1965）を描いた年に芸術家同盟に復帰。

（4）パーヴェル・ニーコノフ　Pavel Fedorovich Nikonov（1930-）モスクワ生まれ。1958年、ソ連邦芸術家同盟に迎え入れられ、移動展覧会を展開。ブラーツク、中央アジア、カフカス地方を旅する。『われわれの日常』（1959）、『地質学者たち』（1962）などを展示したグループ《ボーセミ（八）》展をマネージュで開催するなど、多くの展覧会を組織した。1967年には、シカゴのシアーズ・ローバックのヴィンセント・プライス・ギャラリーで『ロシア芸術の60年、偉大な実験とその後：1900年から1960年』を開催した。モスクワ在住。

（5）パーヴェル・クズネツォーフ　Pavel Varfolomeevich Kuznetsov（1878-1968）サラトフでイコン画家の家系に生まれる。モスクワ絵画・彫刻・建築学校でセロフ、コロヴィンに学ぶ。ボリソフ＝ムラトフに影響され、印象主義から象徴主義に移行していったとも言われている。

（6）ユーリー・ヴァスネツォーフ　Yuri Alekseevich Vasnetsov（1900-1973）ロシアのノヴゴロド州ヴャトカ生まれ、レニングラードを拠点に活動。多くの児童書のための挿絵を描いたロシアを代表する絵本作家。

（7）〈ニコン（もしくはニーコン）〉は17世紀半ばに宗教改革を行った総主教の名前で、彼の改革を嫌った反主流派が「分離派」となった。

（8）イリヤ・カバコフ　Ilya Kabakov（1933-2023）ソヴィエト連邦ウクライナ共和国ドニェプロペトロフスク生まれ。モスクワ・コンセプチュアル・アートの代表的存在。1985年ベルンのクンスト・ハレで注目を集め、以降ベルリン、パリ、ニューヨークへと拠点を移しながら、世界各地を舞台に活躍した。新潟の越後妻有に『カバコフの夢』という名称でイリヤ&エミリヤ・カバコフの一連の作品が展示されている。著書に『イリヤ・カバコフ自伝：60年代-70年代、非公式の芸術』（みすず書房、2007年）など。2023年、ニューヨークにて89歳で死去。

（9）ヴィクトル・ポプコフ　Viktor Efimovich Popkov（1932-1974）モスクワの労働者の家に生まれる。グラフィック・アート教育学校（1948-1952）、スリコフ記念モスクワ国立建築大学（1952-1958）で学ぶ。1974年、現金輸送車に近づき、乗せていってくれないかと運転手に頼んだため、銃で撃たれて死亡したとされている。作品に、社会生活の重要な出来事に捧げられた『ブラーツク水力発電所の建設者たち』（1961）、『メゼーニの寡婦たち』シリーズの『北国の歌』（1968）が、また、特異な心理的アプローチによってカンバスに描かれた人物の感情や思想へ鋭く迫り、感覚やその内的世界を独特な描出によって強調したものとして『父の外套』（1972）などがある。

（10）アンドレイ・ヴァスネツォーフ　Andrey Vladimirovich Vasnetsov（1924-2009）画家。スターリンの死後、ソ連社会に訪れたささやかな変化（「雪解け」と呼ばれる）の中で、絵画の新たな方向性を示した芸術家の一人。1979年、ニコライ・アンドローノフとともにモザイク作品『人間と出版』でソ連邦国家賞を授与される。1963年1月14日付『プラウダ』紙に「若き芸術家たちは人民に奉仕する」を執筆している。

(11) タガンカ劇場　モスクワのタガンカ広場にあるモスクワ・ドラマ・コメディア劇場の通称。1964年、リュビーモフを主席演出家に迎えることにより、ここでリュビーモフ演出の斬新な作品が上演されつづけることになった。そのためタガンカ劇場は、ソビエト演劇の新しい動きの中心になっていった。つまり、ここでリュビーモフが演出していった一連の作品は、ブレヒト、ヴァフタンゴフ、メイエルホリドなど、1920年代の演劇のアヴァンギャルドの精神を蘇らせ、新たな解放の精神を空間的に実現するものであった。それゆえ、非公式の芸術と呼ばれるものを実践している芸術家たちやそれに興味を持っていた人たちを引きつけ、タガンカ劇場は、人々の集うソビエト文化の中心、ギャザリング・プレイスにもなっていった。

(12) ユーリー・ペトローヴィチ・リュビーモフ　Yuri Petrovich Lyubimov（1917-2014）演出家。1963年に、卒業公演として、教え子たちとともに作った演出作品『セチュアンの善人』が、作家K・シーモノフに「このような血が通った作品を保存することはすばらしいことであろう」と評価されるなどして、1964年、ユビーモフは、タガンカ劇場の主席演出家に任命されることになった。その活動をリュビーモフは『セチュアンの善人』で開始する。このブレヒト作品は「若者たちの群れ、上昇する」と評価されるなどして、上々のスタートをきることになるが、1965年の『世界を揺るがした十日間』でその評価を揺るぎないものにした。そこには広場とサーカスから、影絵や見世物小屋、無数の演劇的趣向が乱舞し、革命の広がりをダイナミックに展開していく華麗さが跳梁していた。こうした演劇を次々と演出していくことにおいて、リュビーモフは60年代、70年代のソビエトを代表する演出家になっていった。しかしながら、当局との軋轢は困難を増していき、80年前後にいくつもの新作の上演が禁止されるなど、劇団は苦境のなかに追い込まれていく。そして、1984年、海外公演中、ロンドンに滞在していた時に、タガンカ劇場主席演出家の地位を解任される。その後、リュビーモフは欧米で演出活動を続けるが、1985年3月にゴルバチョフ政権が誕生し、ペレストロイカ政策が始まると、幾度か帰る機会が出現し、1988年、6年ぶりでモスクワに10日間ばかり戻ったり、1989年には、タガンカ劇場でプーシキンの『小さな悲劇』を演出したりしている。そしてその年の4月23日、市民権復活を告げられる。そしてそのあとしばらくして、ソビエトが崩壊し、消滅してしまう。その後のロシアでの芸術家たちの活動についてのノルシュテインの複雑な心境を読み解くことには大きな意味があると思われる。

（13）アナトーリー・エーフロス　Anatolii Vasilievich Efros（1925-1987）演出家・映画監督。1943年、エーフロスはモスソヴィエト劇場のユーリー・ザヴァツキーの演技スタジオで学び始め、1950年ルナチャルスキー演劇大学演出科を卒業した。1952-1953年にはリャザン市の劇場で演出家として働き、1954年にはモスクワの中央児童劇場の主席演出家となる。劇場の創造的な雰囲気によってエーフロスの才能は開花し、劇作家ヴィクトル・ローゾフの劇を、その処女作『ごきげんよう！』から『喜びを求めて』、『不釣り合いな戦い』まで、多くの作品を手がけながら、またプーシキンの『ボリス・ゴドゥノフ』、イプセンの『ヘッダ・ガブラー』を演出し、名を成した。1963年、レーニン・コムソモール劇場の主任演出家となる。劇場のレパートリーを根本的に変革し、人気劇場へと変貌させたが、エーフロスは劇場のレパートリーに関して党の方針に従わなかったとして、1967年にマーラヤ・ブローンナヤ劇場に異動となる。古典作品の解釈に不満をもつ当局に目をつけられながらも、チェーホフ、シェイクスピア、モリエール、ゴーゴリなどを上演する。その高い演出力と大胆な新演出は観客を魅了し、劇場はモスクワ演劇界の中心地の1つとなった。また、1975年にはタガンカ劇場に呼ばれ、チェーホフの『桜の園』を演出する。溺死したラネフスカヤの子供グリーシャの銀色の墓を中心に白い服の登場人物が乱舞するこの舞台は、死の匂いとともにカタストロフィの前夜を描いているようできわめて象徴主義的なものであり、モスクワ芸術座のチェーホフの対極にあるような舞台で衝撃的だったという。そして最後にひとり残されるフィールスだけが黒い衣装をつけていることにより、その衝撃はさらに深まるのだった。その舞台にはA・デミードワ、B・ヴィソツキー、B・ゾロトゥーヒンらが出演している。1984年、エーフロスはユーリー・リュビーモフに代わってタガンカ劇場の主任監督に就任したが、俳優たちはエーフロスを敵視するなど軋轢もあった。エーフロスはこの劇場で、ゴーリキーの『どん底』、スヴェトラーナ・アレクシエーヴィチの『戦争は女の顔をしていない』等を演出した。1987年、劇場に向かう途中、心臓発作により路上で亡くなった。「電話でわたしが知らされたところでは、かれは、文化省で〈つるし上げ〉をくっているうちに死亡した。机に倒れかかり、そのまま亡くなったのだ。文化省の〈つるし上げ〉がどんなものか、わたしは自分の体験で知っている。わたし自身一度ならず半死半生のていで文化省の建物の外へ出たものだ。」とリュビーモフは語ったという（ゲルシュコヴィチ『リュビーモフのタガンカ劇場』、中本信幸訳、リブロポート、（287-288頁））。エーフロスは演劇のほかに映画界でも活躍し、映画作品には『閏年〔Високосный год〕』（1961）、『草原の二人〔Двое в степи〕』（1964）、『木曜、二度と〔В четверг и больше никогда〕』（1976）などがある。

（14）ウラジミール・ヴィソツキー　Vladimir Semyonovich Vysotskii（1938-1980）詩人、歌手、俳優。オクジャワ、A・ガーリチとともに1960年代から70年代の〈吟遊詩人〉の運動に参加し、ソ連社会の底辺に生きる民衆の心情や反戦への願いをギターによる弾き語りに託した。強烈なしわがれ声と個性的マスクが同時代の若者たちから圧倒的な支持を得るが、過激な体制批判からレコードもほとんど出すことを許されず、過度の飲酒と麻薬の乱用により、1980年、42歳で亡くなった。葬儀には20万人が集まったとされている。

（15）ニコライ・グベンコ　Nikolai Nikolaevich Gubenko（1941-2020）俳優、舞台監督、脚本家、政治家。1941年、戦時中、母親が爆撃から隠れていたオデッサの地下墓地で生まれる。全ソ国立映画大学（VGIK）を卒業後、タガンカ劇場の俳優となる。映画界でも活躍し、自伝的要素の強い『みなし児〔Подранки〕』（1977）では監督、脚本を手がける。1984年3月6日、リュビーモフがタガンカ劇場主席演出家の地位を解任されたあと、エーフロスが主席演出家に任命されるが、グベンコは、M・ザーハロフ、B・ドゥナーエフ、その他3名とともにその地位を勧められたとき断っている。しかし、エーフロスが、1987年1月13日、モスクワで不慮の死を遂げたあとの5月、グベンコは、舞台・

映画俳優ではあったが、タガンカ劇場の主席演出家に任命され、それを受け入れた。政治活動にも積極的に関わり、1989年から1991までソ連文化大臣、2005年からはモスクワ市下院議員などを務めた。

(16) ウラジミール・マヤコフスキー　Vladimir Vladimirovich Mayakovskii（1893-1930）　ロシア未来派を代表する詩人。革命の未来に夢を託し、数々の革命叙事詩を生み出す。

(17) ジョン・リードによる『世界を揺るがした十日間』　1965年初演のタガンカ劇場の作品。演出リュビーモフ。チケットのもぎりが銃剣を持った兵士だったり、劇場周辺に集まる観客たちの只中でアコーディオンが鳴りはじめたり、あるいは、「すべての権力をソヴィエトへ」という横断幕の後についていったりと、観客席へと向かう観客たちの開演前の集会やデモ行進は、ロシア革命の祝祭的な雰囲気を実現する舞台の始まりとしても多くの人々を引き付けた。その後の舞台での革命のエピソードの展開は、コメディア・デ・ラルテ的なアクロバティックな役者の動きやサーカスの出現、巨大な影絵芝居などによって実現されていて、メイエルホリドなど、1920年代のロシア・アヴァンギャルド演劇の空間のダイナミズムを思い出させる。その後、幾度も再演を重ね、タガンカ劇場のレパートリーになっており、ソヴィエト演劇で最も重要な作品とされている。60年代の新たな演劇のダイナミズムと動きの魅力を伝える伝説的な舞台である。なお、原作となったジョン・リードの『世界を揺るがした十日間』には、岩波文庫など日本語訳が幾種類もある。ジョン・リード（1887-1920）は、アメリカの若きジャーナリストとして、1917年にロシアに向かい、ロシア革命の只中で、レーニンなどにインタビューを行い、ルポルタージュとして本書を執筆。しかし、モスクワでチフスに罹り、1920年に32歳の若さで死亡。遺体は赤の広場にあるクレムリンの壁墓所に埋葬された。

(18) チャストゥーシカ　抒情的、生活的、滑稽的内容の、主に4行のロシアの俗謡。

(19) ヴァレーリー・ゾロトゥーヒン　Valeri Sergeevich Zolotukhin（1941-2013）　1963年、ロシア演劇アカデミーを卒業後、モスソヴィエト・アカデミー・シアターに入るが、翌年、タガンカ劇場の創設のとき、そのメンバーに加わり、1964年のブレヒト作『セチュアンの善人』に出演するなど、タガンカ劇場の役者としての活動を続ける。リュビーモフ亡命後もタガンカに残り、一時期はタガンカ劇場の代表にもなった。

(20) ユーリー・トリーフォノフ　Yury Valentinovich Trifonov（1925-1981）　代表作は1931年に完成した政府高官のための巨大集合住宅を舞台にした小説『河岸通りの館』（1976）。本作品はトリーフォノフ、リュビーモフの共同作業によって脚色され、1980年6月12日に、リュビーモフ演出によりタガンカ劇場で初演された。舞台美術はボロフスキー、主な配役にゾロトゥーヒンなど。大成功をおさめたが、1984年、検閲によりレパートリーからはずされ、1987年に復活。

(21) ダヴィッド・ボロフスキー　David Lvovich Borovsky（1934-2006）　オデッサで生まれる。1947-1950年、キエフ芸術学校で学び、1965年、キエフでショスタコーヴィチの『カテリーナ・イズマイロヴァ』を演出するなどする。1966年、スタニスラフスキー記念モスクワ・ドラマ劇場の美術監督として呼ばれ、翌67年、タガンカ劇場に移り、モジャーエフの中編小説の舞台化『フョードル・クーシキンの生涯から（ジボーイ）』の舞台美術を担当、以降、30年以上、タガンカ劇場の舞台美術の中心にいた。

(22) イズマイロヴォ　モスクワ郊外のイズマイロヴォ森林公園のある場所。1974年9月15日、非公式の画家たちは、オスカル・ラビンに主導される形で、自主的にモスクワ郊外のベリャーエヴォの空き地で野外展覧会を開いた。展覧会は当局のブルドーザーによって直ちに破壊され、多くの作品が失われた。このとき、オスカル・ラビン、アレクサンドル・ラビン、エフゲニー・ルーヒンが逮捕された。この事件をソ連美術界では《ブルドーザー》という。それは激しい弾圧の瞬間であったが、同時に、ソ連における美術界を活性化させた決定的に重要な抵抗運動とされている。この事件は、驚くべきスキャンダルとしてメディアに書き立てられ、欧米などでも報道された。当局は〈譲歩〉の姿勢を見せ、その1週間後には、イズマイロヴォ森林公園での〈禁じられた〉絵画の展示を〈許可〉したのであった。〈ブルドーザー展〉の2週間後の9月29日、モスクワ郊外のこの森林公園で野外展覧会が開催され、1万人の人たちがそうした作品を見るためにやってきた。「こんなことは前代未聞のことであるし、当時の感覚ではありえないことであった」と、たとえばカバコフは言っている。

(23) ヴェー・デー・エヌ・ハー（VDNKh）　モスクワ郊外にあるソ連邦国民経済達成博覧会の巨大な会場のこと。第二次世界大戦後のソ連社会主義体制の展示場として重要なプロパガンダの役割を担った。正面玄関にはムーヒナの巨像『労働者とコルホーズの女性』が立っているが、これは1937年のパリ万博でソ連パビリオンの頂上に設置されたものであった。ソ連の映画会社モスフィルムのロゴにも使われているので、図像は日本でもよく知られているかもしれない。
(24) ブルドーザー展　ブルドーザー展については、注22のイズマイロヴォの項を参照のこと。
(25) セルゲイ・ジェノヴァチ Sergey Vasilyevich Zhenovach（1957-）ドイツ、ポツダム生まれ。ロシア舞台芸術アカデミー卒。演出家。『ラバルダン－S〔Labardan-S〕』は、ゴーゴリの『検察官』を基にしたジェノヴァチ演出の二幕ものの作品。初演は、テアトロ・アート・スタジオにて、2022年12月28日。上演時間は休憩時間を入れて3時間15分。
(26) ヴェネディクト・エロフェーエフ Venedikt Vasilyevich Yerofeyev（1938-1990）作品に、1969年から1970年の間に書かれ、地下出版され、1973年にイスラエルで出版された『モスクワ発ペトゥシキ行』がある。1977年、パリでも出版されるが、ソヴィエトで出版が許可されたのは、ペレストロイカの時期の1989年だった。邦訳は『酔いどれ列車、モスクワ発ペトゥシキ行』（安岡治子訳、国書刊行会、1996年）
(27) パトリキアンカ　パトリキ（古代ローマの貴族）の女性形。
(28) ミハイル・ブルガーコフ Mikhail Afanas'evich Bulgakov（1891-1940）作家。キエフ大学医学部を卒業後、医師となったが、ロシア革命後の国内戦の混乱の渦中で文筆活動を開始。自伝的要素が強い長編『白衛軍』（1922-1924）を発表。『悪魔物語』（1925）、『犬の心臓』（1925）がともにソ連当局から禁書とされる。その一方で、『白衛軍』を基にした戯曲『トゥルビン家の日々』（1926）は大成功をおさめた。さらに、戯曲『逃亡』（1927）は、内戦時、ロシア南部へと敗走した白衛軍の運命を描き、評判となる。しかし、その後も上演禁止の憂き目に遭うなど、創作の困難は続き、ブルガーコフは発表のあてもなく、『劇場』、『モリエールの生涯』や、大作となる『巨匠とマルガリータ』を書き続け、重病と失明のうちに亡くなった。これらの作品はブルガーコフの没後、１９６０年代に発表されて再評価が進み、なかでも『巨匠とマルガリータ』は20世紀のロシア小説の傑作とされている。

（29）チュルパン・ハマートヴァ　Chulpan Nailyevna Khamatova（１９７５-）カザン生まれ。ソヴィエト連邦生まれのロシアの女優。主な作品に『グッバイ・レーニン』（２００３年に公開されたドイツ映画、監督はヴォルフガング・ベッカー）、『インフル病みのペトロフ家』（２０２１年にロシア、フランス、スイス、ドイツが共同制作したキリル・セレブレンニコフ監督の長編映画、原作はアレクセイ・サリニコフの小説『インフル病みのペテロフ家とその周辺』）。

（30）エフゲニー・ミローノフ　Yevgeny Vitalyevich Mironov（１９６６-）ソヴィエト連邦およびロシアの俳優。主な出演にテレビシリーズ『白痴』（ウラジーミル・ボルトコ監督）のムイシュキン侯爵、『変身』（ワレリー・フォーキン演出）のザムザなど。

（31）２０２０年シアター・オブ・ネイションズで上演されたアルヴィス・ヘルマニス（Alvis Hermanis）による戯曲『ゴルバチョフ〔Горбачёв〕』と思われる。チュルパン・ハマートヴァはライサ・ゴルバチョフ、エフゲニー・ミローノフはミハイル・ゴルバチョフを演じた。

（32）エフゲニー・プリゴジン　Yevgeniy Vicktorovich Prigozhin（１９６１-２０２３）ロシアの実業家。商業軍人。民間軍事会社ワグネルグループの創設者。２０２２年のロシアのウクライナ侵攻にも参加。

2023年6月の反乱を起こす1ヶ月ほど前にはロシア政府からの支援が不十分であるとの理由で、ロシア軍指導部への強い不満を示していた。

(33) スタンダール　Stendhal（1783-1842）　本名はマリ＝アンリ・ベール(Marie-Henri Beyle)。フランスの小説家、評論家。軍人となるが、ナポレオン没落後、ミラノへ移る。『赤と黒』（1830）、『パルムの僧院』（1839）など。

(34) オノレ・ド・バルザック　Honoré de Balzac（1799-1850）　19世紀のフランスを代表する小説家。90編にも及ぶ長編、短編からなる〈人間喜劇〉と称した小説群を執筆した。

IV　今の時代にアニメーションをつくるということ

(1) アントン・ジヤコフ　Anton Dyakov（1980-）　アニメーション監督、脚本家、アニメーター。カザフスタン、アルマトイ生まれ。アルマ・アタ州立大学卒業後、アニメーションスタジオ「SHAR」で学ぶ。『BACH』（2010）、『VIVAT MUSKETEERS』（2017）など。『BOX BALLET』（2020）は2022年アカデミー最優秀短編アニメーション賞にノミネートされた。

(2) ナターシャ・チェルニショワ　Natalia Chernysheva（1984-）　アニメーション監督。ロシア、エカテリンブルク生まれ。ウラル国立美術学校を卒業。アニメーターとして活動した後にフランスへ移りLa Poudriére で2012年から2年間学ぶ。その卒業制作である『Deux Amis (Two Friends)』

（2014）や、『Spiderweb』（2016）、『Sunflower』（2023）など。

（3）『草の上の雪〔Снег на траве〕』　2008年にロシアで出版されたノルシュテインの著書。もとはモスクワ映画大学で行われた講義をまとめたものだったが、のちに加筆され、2冊の増補版となる。モスクワや東京で行われたアニメーションの授業の講義録。

V　孤独について

VI　戦争の終わり

（1）セルバンテス　Miguel de Cervantes Saavedra（1547-1616）小説家。スペイン、マドリード近郊で生まれる。レパントの海戦に参加し、左腕の自由を失う。海賊に襲われ捕虜となったり、投獄されるなどの苦難に満ちた状況下で数々の作品を生み出す。『ドン・キホーテ』（1605）など。

（2）シャルル・ド・コステル　Charles De Coster（1827-1879）小説家。ミュンヘン生まれ、ベルギーで活躍する。『オイレンシュピーゲルとゴードザクの伝説と冒険（La Légende et les Aventures d'Uylenspiegel et de Goedzak）』（1867）など。

（3）キューバ危機　1962年10月下旬、キューバに建設中のソ連の中距離ミサイル基地の撤去をめぐり、米ソ両国が対峙し、国際的緊張を高めた事件。

（4）2023年2月6日にトルコ南東部とシリアの国境付近で発生したマグニチュード7・8の地震（ト

ルコ・シリア地震とも呼ばれる）。数十万の建物が損壊し、トルコ、シリア両国合わせて約6万人が犠牲となる甚大な被害を受けた。

（5）ミンスク合意　２０１４年から始まったウクライナ東部紛争をめぐる和平合意。ウクライナとロシアは２０１４年9月にミンスク議定書によってドンバス地域の戦闘停止に合意したが、休戦に失敗。その後、仏、独の仲介により２０１５年2月にベラルーシのミンスクにてミンスク2が調印された。ウクライナ東部での包括的な停戦や、親ロ派が掌握した国境管理をウクライナ側に戻すなど13項目が合意されたが、親ロ派武装勢力が占拠するウクライナ東部の2地域に幅広い自治権を認める「特別な地位」を与えるとの内容に、ウクライナ国内では合意そのものがロシアに有利なのではないかと不満も出ていた。東部の扱いを巡る両間の隔たりは埋まらず、合意は果たされないまま、ロシアの軍事侵攻へと繋がっていった。

（6）反対の署名　２０２２年2月24日のウクライナ侵攻を受けて、ロシアのアニメーション作家たちが共同で出した戦争反対のオープンレター。ＡＳＩＦＡ（国際アニメーション協会）によると合計1千人ほどが署名していたとされるが、現在はその署名リストは削除されている。

（7）クロック国際アニメーション映画祭　１９８９年にモスクワ国際映画祭からアニメーション部門を独立させる形で設立。船を会場に、洋上を行き来しながら開かれる。ロシアとウクライナで交互に開催され、アニメーション作家たちが10日間の船旅をともに楽しみながら交流を深めた。

（8）ヴァジャ・プシャヴェラ　Vazha Pshavela（１８６１-１９１５）　グルジア（現ジョージア）の作家。

（9）　フョードル・ヒトルーク　Fyodor Savelyevich Khitruk　（1917-2012）　1937年からソユーズ・ムリト・フィルムでアニメーターとして働く。監督デビュー作『ある犯罪の話』（1962）は、当時のモスクワにおける住宅問題を取り上げた作品で、公開に際しては騒動が持ち上がるなど話題となった。それまでにない斬新な作風だったこの作品をきっかけに、ロシア・アニメーションの新しい流れが生まれる。その存在は後続の作家にも大きな影響を与え、ユーリー・ノルシュテイン、エドゥアルド・ナザーロフ、アンドレイ・フルジャノフスキーなどとともに60年代から70年代におけるロシア・アニメーションの黄金期を支えた。ここで言及されている『にぎやかな無人島』（1973）はカンヌ国際映画祭短編部門でパルムドール（最高賞）を受賞。この作品はロシア国内のみならず、国際的にも高い評価を受けた。69年から72年にかけて作られたロシア版「くまのプーさん」シリーズも国民に愛されている。

あとがき

才谷　遼

はじめてモスクワのノルシュテインさんのスタジオを訪ねたのは、まだ雪の深い2月ごろだった。マクドナルドの1号店がモスクワ・プーシキン広場にできた約1年後にソヴィエト連邦が崩壊して、その1年後だったと思うので1993年の冬だ。

こんな雪の中を、遠い国からよく来てくれたと歓待してくれたノルシュテインさんから「友人を呼んだから待っていてくれ」と言われて、やって来たのが列車に6時間揺られてペテルブルグからやってきたソクーロフ（アレクサンドル・ソクーロフ／映画監督）だったのだが、その日、ぼくは待ちきれずに寝入ってしまった（ソクーロフさんとの関係はそれから彼の〈20世紀三部作〉の第一作『モレク神』の日本側プロデューサーとなり、『牡牛座』と天皇ヒロヒトを描く『太陽』と続くのだが、それはまた別の話）。

スタジオは大きな撮影台が入り口にあり、制作室も広い。編集室もある。大・中ふたつの大部屋の撮影台には35㎜カメラが載っている。つまり2台だ。

ノルシュテインさんはここで寝泊まりして仕事をし、週末は妻であり美術監督であるフランチェスカさんが暮らす郊外の別荘に帰るという生活だ。若いターニャがその撮影室の隅に住み込んで助手をしている。チャーミングなノッポの女性だ（久しぶりに訪ねた5年前にもまだ住んでいて、たっぷり体重はのっていたが）。白い犬のクージャがまとわりついてくる。

ノルシュテインスタジオの食卓は楽しい。なにしろノルシュテインさんは大の話好きだし、人を笑わせるのが大好きだし、唄もとびだす。昼間からワインを飲む。料理の種類も多い。話が弾まない訳はない。

帰国する時、雪の中をシェルメッツボ空港に向かうぼくらの乗ったバスを、バス停から走って追いかけて来て手を振ってくれたノルシュテインさんの姿が、今でもはっきり目に焼きついている。

そう、ぼくらがノルシュテインさんにはじめて会ったのは、1987年第2回広島国際アニメーションフェスティバルの時だ。彼が審査員としてはじめて日本にやってきた。ノルシュテインさんは手塚治虫さんと閉会式で舞台にあがって手をつないだ。

ぼくは広島の会場のトイレで手塚治虫さんと会った。

「お、ひさしぶり」（手塚さんはこの1年後に亡くなる）

ついでノルシュテインさんが入ってきた。広島会場のトイレで世界のあの巨匠と『幕末太陽傳』のごとく連れションである。

それから2年後の1989年6月、アヌシー国際アニメーションフェスティバルの会場にぼくはいた。ノルシュテインさんの新作『外套』の途中までの試写と本人によるレクチャーがあるというので講堂にすべり込む。アヌシーはフランスなので仏語である。仏語はぼくにとってギリシャ語と同じ、全くわからない。英語が公用語なので、ノルシュテインさんの話すロシア語→仏語→英語で話を聞く。よくわからない。『外套』の完成部分20分程の映像も従来のアニメーションと全く違っていた。小男が文字を一所懸命に書いたりお茶を飲んだりするだけである。しかし、これが目を離せない。が、よくわからない。英語だってカタコトだ。

アニメーションフェスティバル終了の翌日、アヌシー駅で英語新聞〈ヘラルド・トリビューン〉を買った。その一面に大見出しで〈Massacre in Beijing〉（北京の大殺戮）世界は激動している。早く帰らなければ。

帰国してすぐ『魔女の宅急便』を制作中の吉祥寺ジブリスタジオに顔を出す。そのスタジオの道路側に面した窓に黒々と走り書きの大きな文字で

〈北京政府は人民の殺戮を止めよ！〉

宮崎駿監督の自らの手によるものであった。

2年半後の1991年12月26日にソヴィエト連邦は崩壊する。

仏はムルロア環礁で核実験を続けている。その〈核実験反対〉のポスターの絵をノルシュテインさんに描いてもらったのが長い付き合いの最初だった。ハリネズミとオオカミ君がキノコ雲の下で〈NO！〉のプラカードを掲げている。ぼくは、その絵を持って仏アングレーム国際漫画祭で展示をした。ぼくが阿佐ヶ谷につくった48席のちいさな映画館は、〈ノルシュテイン映画祭〉で幕をあけた。ノルシュテインさんとカミさんのフランチェスカさんもきてくれた。1998年12月のことだ。それからのことはまた別の機会に。

とにかく、この戦争がどうなるのか見極めてからだ。

（さいたに・りょう／ラピュタ阿佐ヶ谷、Ｍｏｒｃ阿佐ヶ谷、ＦＰ代表）

あとがき

児島 宏子

ユーリー・ノルシュテインが初来日したのは広島国際アニメーションフェスティバルに招かれた1980年代の終わりの方と記憶している。その後、1992年にエイゼンシュテイン（ソ連の映画監督、モンタージュ理論を作品で実践した。（1898‐1948））国際研究会が東京で開催されるにあたり、旧ソ連のナウム・クレイマン（エイゼンシュテイン博物館の館長）から映画評論家・山田和夫氏（キネマ旬報社、エイゼンシュテイン全集刊行委員会代表、同シネクラブ会長、故人）に連絡が入り、「映画大学は出ていないがソ連邦アニメーションスタジオ（略：サユーズ・ムリト・フィルム）の試験に合格し、素晴らしい作品を制作してきた。ことに『25日‐最初の日』はロシア・アヴァンギャルド美術を思い出させるし、『話の話』（1979年制作／30分／日本初公開1996年）は、国際アンケートで〈歴史上、世界最高のアニメーション作品〉と認定された。彼はエイゼンシュテイン全集を読んで映画を学んだ…」とのこと。ロシアからの参加者は2名となり、ノルシュテイン来日に際して私は彼を迎えに行き、アテンドすることを実行委員会から依頼された。このイヴェントに参加していたおひとりが才谷遼氏だった。彼と私は同じ呼吸器系の持病があることも分かり、私の持病は生まれて数か月で始まり重かったが、知り合った青年・才谷さんの方は重そうではなかったものの調子があまりよくなく、吸入器も家に置いてきたというのでお貸ししたりした。病を通じて私は勝手に親近感を抱いた。なぜかノルシュテインさんに彼も私も気に入られ、今日に至るまで交流が続いている。ノルシュテインさんは才谷さんのご両親とも面識を持つ機会を与えられた。ことにお父上がシベリア捕虜だった頃に記憶されたのか、ロシア語のスラングをご存じで、ユーラ（ユーリーの愛称で、ご本人はユーラと呼べと私たちに言う）は大喜び。面白いこと、ユーモア、冗談などが大好きなユーラは才谷さんの父上をすっかり気に入ってしまい、実に楽しそうだった。父上が私に、訳してユーラに伝えてとおっしゃったことが忘れられない――「僕らが若かった時代は戦争だった、にくき戦争だ。現在私たちが暮らす世界は平和なので嬉しいし、一人息子には思う存分好きなことをさせたいです…」。そして戦争中の体験も少し語って下さった。今も、そうした言葉が耳元に響いている。最後にユーラに「どうぞよろしく！」と。ユーラも「こちらこそ！」とお二人は握手し、楽しそうに笑い合った。

才谷さんはわきから見ると常に巨匠ノルシュテインを支えてきたし、それをノルシュテインは痛感し深く感謝している。コロナ下、すべての催しなどが成立しなくなった中でオ谷さんはノルシュテインとの交流を続け、オンライン・インタビューを行った。ノルシュテインも嬉しそうだった。私も大いに勉強になったが、まだまだ十分学習するにいたっていない…。

ノルシュテイン・インタビューを優れた翻訳者の皆様のご協力を得てパンフレットにしたのは大変貴重なことだとうれし涙がこぼれる。

ロシアにはまだまだ多くを学ぶ必要が私たちにはあると痛感する。ノルシュテインはかなり以前から日本文学、美術について学んでいる。彼の最初の著書『草の上の雪』を読んで驚かされた。これはモスクワ映画大学で行われたノルシュテインの講義を1冊にまとめた書籍で、同名の豪華本2冊執筆のスタートとなった著書だ。江戸時代の浮世絵、俳句などを丹念に学習している。ことに俳句は少年時代からロシア語訳を手にしていたという。ノルシュテインはまさに日本絵画や文学をペレジヴァーニエ（переживание／perejivanie）している。このロシア語の単語は〈何度も生きる〉という意味があり、ロシアの創造世界では文化、文学以前に、生きる上で大変重要な言葉と言われている。直訳は〈何度も生きる〉という意味というが、どのように何度も生きるのだろうか、そんなことができるのだろうか、と、この言葉を知ったとき首を傾げた。そう、自分は生きている、友人知人も、そして多くの見知らぬ人々も生きている…。この言葉は共感や体感に重なることが分かった。ロシアの友人がある映画作品を見た後に「ペレジヴァーニエできたわ」と呟き、物思いに沈む風情だったことがある。そうなのだ、作品の中を生きることができたのだ。他者の悲しみ、喜び、思いの中を生きる、つまり共感することなのだ。他者だけではない、作品の中でも…。ペレジヴァーニエできない作品も、他者もあるのだ…。なんという素晴らしい言葉だろうか。もし作品の中をペレジヴァーニエできるなら、その作品は人から人へと多くの人々の許に届き、多彩なペレジヴァーニエができることだろう。まさにノルシュテイン作品もそのようなものではないか！　ノルシュテインが語る言葉、その中に登場するロシア文学の作品群も私たちにより素晴らしいペレジヴァーニエ、共感の泉をもたらしてくれることだろう。

（こじま・ひろこ／通訳）

解説　果てしなきゴーゴリへの道、もしくは21世紀のヴィジョン

鴻 英良

ロシアが特別軍事作戦と称して２０２２年２月24日からウクライナ侵攻を展開しはじめてから、われわれはその展開に目をやることを強いられつづけているが、とはいえ、問題のあまりの複雑さに私は事態をどのように把握すべきかよく分からないでいる。21世紀が露呈しつつあるこの状況の困難性について考えることはわれわれにとってきわめて重要なことだとは思うけれども、それを芸術作品と関係づけて考えようとするとき、われわれはさらなる困難性へと差し向けられることになる。

ところで、このような問題をソヴィエト時代に作品を作りはじめ、ソヴィエト崩壊後も、ロシアにおいて芸術活動を続けながら、今もモスクワに住み、活動しているアニメーション映画の監督ユーリー・ノルシュテインは、21世紀というこの革命なき戦争の時代の中で、文学と戦争の構造的な連関についてどのような思考を巡らせているのであろうか。あるいはいま起きていることをどのような歴史的文脈において捉えているのか、それらのことはロシアの作家たちが作り出してきた芸術的な世界が示唆するものとどのように関連するの

だろうか。そうしたことを、巨大なパースペクティヴのもとに、これまでノルシュテインがアニメーション映画を作りつつ思索してきたことと関連づけながら語ってもらっているこのインタビューのなかには、ノルシュテインのアニメーションの魅力がどこからくるのか、その問いへの謎のように奥深い答えのようなものがちりばめられているように私には思えた。

そして、同時に、ここでは、ロシア文学の魅力が、あるいはソヴィエト芸術の輝きへとわれわれを差し向ける無数の示唆が溢れるように流れ出しているのだ。ウクライナ、ロシアの悲惨な戦争へのまなざしがそのようなところから語られているのを前にして、私は幾たびも辛い沈黙を強いられた。そして、そのようにして自分の思索を未知の領域への新たな探索とともに進めていかなければならないと考えるようになった。

そのようなことをそそのかす熱い語りが戦争と文学をめぐって繰り広げられている。だが、一方において、この本とともに見られることになるであろう才谷遼監督によるドキュメンタリー映画『ユーリー・ノルシュテイン 文学と戦争を語る』のなかで、そうしたノルシュテインの語りの合間に、彼のアニメーションの映像断片が流れるたびに、私は、『霧の中のハリネズミ』とか、『話の話』とか、その個々のアニメーション映画の全体を宇宙的な広大さとともに思い浮かべるのであった。だが、そのように言うとき、私がそのときどのようなことを考えたのかについて明示する必要があるだろう。それゆえ、以下に、その一端を示すことによって、ここに記された文学と戦争に関するノルシュテインの語りが私にとっていかに魅力的なものであったかを示したいと思う。

ロシア文学の中のいくつかの作品が言及される。だが、私にとって決定的に重要だったのはゴーゴリがチェーホフへと繫がっていく流れであった。ゴーゴリの『狂人日記』の中に「霧のなかで弦が鳴る」という一節がある。「私はこの句に衝撃を受けた」とノルシュテインは語っている。狂人の日記の最後のところに書かれていることばである。狂気が最高潮のレベルに達した時、狂人ポプリシンの耳に足元にまつわりつく霧のなかから弦の音が聞こえてきたと日記には書かれている。19世紀の初めにゴーゴリがこう書いてから70年ほど経った20世紀の初め、１９０３年に、今度はチェーホフが「弦が切れた」と書くのである。ここには繫がりがある、とノルシュテインは語る。その繫がりとは何か。それは霧のなかに何が見えるかとも繫がっており、そしてその幻こそがわれわれにとって重要な何かなのである。そして、狂人ポプリシンはこの「霧のなかの弦の音」を聞きながら、おそらく、死んでいくのだ。狂気の最高度の深まりゆえの死、だが、そのとき彼が幻に見たもの、そこに輝きのようなものをわれわれは予感する。そして、その輝きを現実化してわれわれに指示していたものこそが19世紀の偉大なるロシア文学の数々ではなかったかと私には直ちに思われたのである。つまり、19世紀の偉大なるロシア文学は『狂人日記』の中に記されているように、主人公のポプリシンが完全な狂気へと入り込むまさにあの時に聞くことになった弦の音によって実現されていくのだ。狂人が真の狂気の世界へと完全に入り込んでいくまさにそのときに、真実の音が鳴り響くのだ。そのときユートピアが訪れ、そのユートピアが無数のヴァリエーションとして描かれる。まさにそのようにして数々の魅惑的な芸術作品がゴーゴリの後で生み出されていった。だから、「われわれはみなゴーゴリの『外套』の中から生まれた」というドストエフスキーの言葉に多くの人が感動するのだ。

私はこのように書きながら、たとえばノルシュテインのアニメーション『霧の中のハリネズミ』のことを思い浮かべている。つまり、この最大限の不安のなかに幻のように見えるものにわたしもまた包まれているのだ。だから、狂気の中に真実が見える。聞こえてくるのは理想のユートピアだ。ユートピアのヴィジョンを描き出すこと、それこそが芸術の役割だ、とゴーゴリは考えていたのかもしれない、と私は直覚するのである。ゴーゴリからトルストイ、ツルゲーネフ、ドストエフスキーへと連なり、チェーホフまで。

だが、その弦が断ち切られたときどうなるのか。それが起こるのがチェーホフの最後の作品の中においてである。このとき、19世紀の偉大なる文学の輝きは終わる。

Nothing Ahead！　先にはなにもない！　Nothing Ahead！

そして、事実、世界が消えていくのを事実として指し示すことになる悲しげな弦の音を聞きながら、桜の園が人の手に渡るのを手をこまねいたまま待っている人々の、コメディアと名づけられた悲しみの劇がモスクワ芸術座によって上演されてから数か月後の1904年7月15日（初演は1904年1月17日）、チェーホフは44歳の若さで死んでいくのである。そして、チェーホフの死とともに20世紀が始まる。

だが、このような物語を聞くとき、20世紀を生きてきたものならば、「ゴーゴリからチェーホフへ」という問題系とともに、「チェーホフからベケットへ」という名高いテーゼを思い浮かべるだろう。モスクワへの思いを断ち切ることのできない三人の姉妹たち、兵士たちを乗せてモスクワへと向かう列車の汽笛を聞きながら、モスクワへの思いを募らせ、「モスクワへ、モスクワへ」と口にはするけれども、モスクワに行くことはかなえられない。しかし、「モスクワへ」と、姉妹たちが遠くモスクワのほうへ目をやりながら、この言葉を口にする中で、劇は幕を下ろしてしまう。チェーホフのもう一つの代表作『三人姉妹』

はこのように展開していく。三人の姉妹たちはその後何年その願いを口にしつづけただろうか。10年、20年、いや、50年、だが、いつまでもその言葉を願いとともに言いつづけるだけだ、永遠の時が流れる、そのときベケットの『ゴドーを待ちながら』が出現したのだとは演劇界でよく口にされた言葉である。

1953年にパリで『ゴドーを待ちながら』が上演されたとき、弦が切れた後の世界のなかでの人間の抵抗の姿のひとつを、20世紀の世界の人たちはそこに見出したのである。だが、このことを「ゴーゴリからチェーホフへ」というノルシュテインの思考とともにまなざすとき、19世紀の世界の反転構造としての20世紀が出現した。だから、「ゴーゴリの『ネフスキー大通り』に描かれるペテルブルグの光景は、ピカソやサルバドール・ダリなど、シュルレアリスムや未来派の絵画に先行するのだ」とも、『《外套》をつくる』のなかでノルシュテインは語っていたのだ。実際、ノルシュテインが言うように、ゴーゴリが描く街並みは20世紀の絵画のようにシュルレアリスム的な光景を呈しており、そこにキュビズム的な可塑性を感じ取ることもできるだろう。そして、その20世紀の最後の数十年をゴーゴリの『外套』をもとにしたアニメーションの作製に捧げているノルシュテインの姿の中にも、20世紀の大いなる抵抗と芸術的なヴィジョンが垣間見えてくるのである。ノルシュテインの熱い語りの中にはベケットは出てきてはいない。だが、誰もが語るチェーホフからベケットへの世界の流れを支えるそもそもの始まりの原理が19世紀の偉大なるロシア文学の系譜の中にあったのだということをノルシュテインは「弦」の変容によって語っているのだ。「初めに言葉があった」、「はじまりにおいてロゴスが存在する」、「エン・アルケー・ホー・ロゴス」。ヨハネ福音書の冒頭のことばが思い出される。

ノルシュテインの『外套』を待ちながら、われわれは10年、20年、30年を過ごした。そしてわれわれはいま21世紀に入り込んでいる。何か途方もない問題の困難性を抱えながら最悪の状況のなかに入り込んでしまったわれわれのいる世界の中で、ノルシュテインはいまだ『外套』を完成できないでいる。そのことの本源的な姿、アルケーについて、このドキュメントでノルシュテインは語りつづけているのではないのか。だから、ロシア文学の魅力が、あるいはソヴィエト芸術の輝きが、60年代のソヴィエトの美術や演劇への熱い思いとともにここに語られているのではないのか。狂気は神の贈り物だ。そして、その中からのユートピアのヴィジョンのようにアカーキー・アカーキエヴィッチの姿が立ち現れてくる。そのような語りがここには霧のように立ち込めている。弦が切れた後でゴドーを待ちつづけたエストラゴンとウラジーミルのように、抵抗することを断念することなく20世紀を生きた人のように、21世紀の新しい悪夢の中で、人はどのようにして何かを作り出していくことができるのか。「チェーホフからベケットへ」という20世紀芸術の系譜学の前に、「ゴーゴリからチェーホフへ」という19世紀の偉大な文学の流れがあったということを極めて明示的に語ってくれたノルシュテイン、そのノルシュテインの『外套』への熱い思い入れとともに実現されるだろう何かこそが、21世紀に蘇るノルシュテインの『外套』になるのであろう。

Nothing Ahead! 先にはなにもない! Nothing Ahead!

だが、肝心なのは断念しないことなのだ。

（おおとり・ひでなが／演劇研究者）

ユーリー・ノルシュテイン略年譜

〈プロフィール〉

1941　9月15日、戦争初期の疎開先の一つ、ペンゼンスキー州ゴロヴニシチェンスキー地区アンドレエフカ村生まれ。

1943　母親と兄とモスクワに戻る。

1958　家具コンビナートで働く。

1959　〈ソユーズ・ムリト・フィルム〉国立映画スタジオ付属のアニメーター2年コースに入学。

1961　卒業後、ソユーズ・ムリト・フィルムで映画制作に従事。『ミトン』(R. カチャーノフ監督)、『わにのゲーナとチェブラーシカ』(R. カチャーノフ監督)、『ボニファティウスの休暇』(F. ヒトルーク監 督)、『左利き』(I. イワノフ＝ワノー監督)、『38羽のオウム』(I. ウフィムツェフ、R. カチャーノフ監督)など50作品以上に参加。

1968　『25日 - 最初の日』。息子のボリスが生まれる。

1969　『四季』

1970　娘のエカテリーナが生まれる。

1971　『ケルジェネツの戦い』

1973　『キツネとウサギ』(ロシア民話のV.I. ダーリによる再話)

1974　『アオサギとツル』(ロシア民話のV.I. ダーリによる再話)

1975　『霧の中のハリネズミ』

1979　『話の話』。全ソ国立映画大学（VGIK）アニメーション映画監督学科の脚本家と監督のマスターコースで教鞭をとる（1996年まで)。

1989　ソユーズ・ムリト・フィルムを辞める。

1990　アニメーションスタジオ”アルテ”設立。

1995　CM『ロシア砂糖』

1999　『おやすみなさいこどもたち』

2003　『冬の日』

2024　『外套』(制作中)

(語り)、M. ビノグラードワ(ハリネズミ)、V. ネビンヌイ(小熊)

1979 『話の話』／30分
脚本：L. ペトルシェフスカヤ、Y. ノルシュテイン／監督、アニメーション：Y. ノルシュテイン／美術：F. ヤールブソワ／撮影：I. スキダン＝ボーシン／音楽：M. メェローヴィッチ、およびW.A. モーツァルト、J.S. バッハ／編集：N. アブラーモワ／声優：A. カリャーギン(狼)

1995 CM『ロシア砂糖』／30秒×4本
監督、脚本、アニメーション：Y. ノルシュテイン／美術：F. ヤールブソワ／撮影：I. スキダン＝ボーシン

1999 『おやすみなさいこどもたち』／2分15秒
監督、脚本、アニメーション：Y. ノルシュテイン／美術：V. オリシェヴァング／撮影：A. ジュコーフスキー、M. グラニク／音楽：A. オストロフスキー(子守唄作曲)、Z. ペトローヴァ(歌詞)

2003 『冬の日』
監督、アニメーション：Y. ノルシュテイン／美術：F. ヤールブソワ／撮影：M. グラニク

2024 『外套』(制作中)
原作：N.V. ゴーゴリ／監督、アニメーション：Y. ノルシュテイン／美術：F. ヤールブソワ／撮影：A. ジュコーフスキー

・製作はすべてソユーズ・ムリト・フィルム／＊は共同制作作品

〈フィルモグラフィ〉

1968　『25日 - 最初の日』*／10分
監督及びアニメーション、脚本、美術：Y. ノルシュテイン、A. チューリン／撮影:V. スルハーノフ／音楽:D. ショスタコーヴィッチ

1969　『四季』*／10分
脚本及び演出：I. イワノフ゠ワノー／助監督、アニメーション：Y. ノルシュテイン／美術、演出：M. ソコローヴァ、V. ナウーモフ／撮影：V. スルハーノフ／音楽：P.I. チャイコフスキー

1971　『ケルジェネツの戦い』*／10分
監督、脚本：I. イワノフ゠ワノー／監督、アニメーション：Y. ノルシュテイン／演出：M. ソコローヴァ、A. チューリン／撮影：V. スルハーノフ／音楽：N. A. リムスキー・コルサコフ

1973　『キツネとウサギ』／10分 (ロシア民話のV.I. ダーリによる再話)
監督、アニメーション：Y. ノルシュテイン／美術：F. ヤールブソワ／撮影：T. ブニモーヴィッチ／音楽：M. メェローヴィッチ／編集：N. アブラーモワ／語り：V. ホフリャコフ

1974　『アオサギとツル』／10分 (ロシア民話のV.I. ダーリによる再話)
脚本:R. カチャーノフ、Y. ノルシュテイン／監督、アニメーション:Y. ノルシュテイン／美術:F. ヤールブソワ／撮影:A. ジュコーフスキー／作曲：M. メェローヴィッチ／編集：N. アブラーモワ

1975　『霧の中のハリネズミ』／10分
脚本：S. コーズロフ／監督、アニメーション：Y. ノルシュテイン／美術：F. ヤールブソワ／撮影：A. ジュコーフスキー／作曲：M. メェローヴィッチ／編集：N. アブラーモワ／声優：A. バターロフ

とカーチャの２人の子供が生まれ、以下の作品が生まれた。『キツネとウサギ』、『アオサギとツル』『霧の中のハリネズミ』、『話の話』および未完の『外套』。

我が師たち：アルタミラとラスコー洞窟の壁画、アンドレイ・リュブリョフの「救世主」、ミケランジェロ最後の彫刻「ロンダニーニのピエタ」、ヴェラスケスの「女官たち」、晩年のゴヤ、レンブラントの「放蕩息子の帰還」、ファン・ゴッホ、レーピンの絵「ムソルグスキー」像、パーヴェル・フェドートフ、シャルデン、ミレー、ロシアおよびヨーロッパのアヴァンギャルド、ジャン・ヴィゴーの映画「アタランタ」、エイゼンシュテインの６巻選集。けれども最も卓越した教師は、私の孫たちと、子供たち皆だ。シャツに覆われた、華奢で狭い肩の上の、無邪気さと微笑みに満ちた彼らの顔を見ていると、我々の精神に愛を花開かせられるなら、あらゆる世界芸術には意味があることがわかるのだ。

『ユーリー・ノルシュテインの仕事』（2003／ふゅーじょんぷろだくと）より

〈プロフィールに寄せて〉

子供時代、重い病気になると、いつも同じ夢を見た。どうやら暗闇の中におよそ1メートルほどの薄い紙の小山がある。私は迅速かつ正確に、その紙の山から全ての紙を1枚ずつ、他の場所に置き換えなければならない。できるだけ早くそうするように努めるが、小山は1枚も減る様子がなく、隣にはそれにも劣らぬ新しい山ができないのだ。

後年、アニメーションの世界で仕事をするようになり、トレーシングで、動きの構図を描きながら、何度となく子供時代の夢を思い出した。

母親、バーシャ・グリゴーリェヴナ・キリチェフスカヤは、終生、保育園、幼稚園、駅の「母親と乳児の部屋」等、就学前児童施設で働いた。

父親、ベルコ・レイボヴィッチ・ノルシュテインは、木材加工工場整備工。私が14歳の時に亡くなった。私自身が直接知っているわけではないが、話によれば非常に興味深い人物だったとのことである。教育は受けていないが、高等数学を理解し、絶対音感と非凡な音楽的記憶力の持ち主だった。ワーグナーとシューベルトを空で口笛を吹いた。音楽を学び、結果的にバイオリンの修復技術者になった兄は、父親からその才能を受け継いだのだ。

母親は、子供達を生活の惨禍に備えさせ、守ってくれた他には、何ら突出した才能はなかった。常時、ユダヤ人という出自を意識させてくれた。

10年制中学で学び、卒業。最後の2年間は同時に芸術学校にも通った。後になって分かったことだが、そこでは未来の妻フランチェスカ・ヤールブソワも学んでいた。

スタジオでは、ツェハノフスキー、ヒトルーク、アタマーノフ、カチャーノフ、イワノフ=ワノー、デージキン、ポルコヴニコフその他多数の素晴らしい監督達と出会ったが、絵画をやりたいと夢想していたので、スタジオを辞めたいという渇望と、アニメへの嫌気が同じぐらいあった。

美術学校に入学しようという試みは、全くうまく行かずに終わった。あたかも運命そのものが、私に人生の居場所を指し示してくれたかのようだ。エイゼンシュテインの6巻選集が決定的な影響を与えた。私は監督という仕事がやみつきになっていた。

スタジオで未来の妻フランチェスカ・ヤールブソワと知り合い、ボーリャ映画『ユーリー・ノルシュテイン 文学と戦争を語る』

キャスト
ユーリー・ノルシュテイン

スタッフ
企画／監督／構成：才谷 遼
通訳：児島 宏子
日本語字幕：守屋 愛 他
制作／構成：小川 萌永
編集：落合 香
ジャガイモ撮影：角井 孝博
アニメーション：「プーシキンの決闘」地場 賢太郎、「一茶」彦すけあ、
「北斎」大橋 学（『セシウムと少女』より）
制作補：赤池 啓也
製作：アート・アニメーションのちいさな学校
協力：ノルシュテイン・スタジオ“アルテ”、ソユーズ・ムリト・フィルム、
アテネ・フランセ文化センター

2024年／日本／ロシア語／90分／DCP／カラー／ステレオ／提供：Morc阿佐ヶ谷／配給・宣伝：Morc阿佐ヶ谷 配給宣伝部／宣伝協力：照本 良

インタビュー（2023年2月22日、7月3日、8月24日）
聞き手：才谷 遼、鴻 英良（演劇、ソヴィエト芸術）、小川 萌永
通訳：児島 宏子
協力：マクシム・グラニク、ノルシュテインスタジオ“アルテ”、Morc阿佐ヶ谷、アート・アニメーションのちいさな学校

聞き手：才谷 遼（さいたに・りょう）

ラピュタ阿佐ヶ谷、Morc 阿佐ヶ谷館主。劇場ザムザ阿佐ヶ谷、レストラン山猫軒も。アートアニメーションのちいさな学校の事務局長。BL 出版社 FP の代表でもある。映画『セシウムと少女』（2015)、『ニッポニアニッポン』（2019)、『ユーリー・ノルシュテイン《外套》をつくる』（2019)。現在人形アニメーション映画『ねじ式』を制作中。

通訳：児島 宏子（こじま・ひろこ）

映画、音楽分野の通訳、翻訳、執筆、企画に広く活躍。訳書に『ドルチェ・優しく』（岩波書店)、『チェーホフは蘇る』（書肆山田)、『ソクーロフとの対話』（河出書房新社)、『チェブラーシカ』（平凡社)、『きりのなかのはりねずみ』『きつねとうさぎ』（福音館書店)、ノルシュテイン『アオサギとツル』、ゴーゴリ『外套』、プラトーノフ『うさぎの恩返し』、チェーホフ・コレクション『カシタンカ』『ロスチャイルドのバイオリン』『大学生』『可愛い女』『たわむれ』『すぐり』『少年たち』『モスクワのトルゥブナヤ広場にて』（未知谷）等。日本絵本賞（毎日新聞社）ほか受賞。

翻訳

鴻 英良（おおとり・ひでなが）

1948 年生まれ。東京工業大学理工学部卒。演劇批評、ロシア芸術思想。ウォーカー・アート・センター・グローバル委員（ミネアポリス）、国際演劇祭ラオコオン芸術監督（ハンブルク)、舞台芸術研究センター副所長（京都）などを歴任。著書に『二十世紀劇場 - 歴史としての芸術と世界』（朝日新聞社)、訳書に、タルコフスキー『映像のポエジア - 刻印された時間』（キネマ旬報社)、カントール『芸術家よ、くたばれ！』(作品社)、共著に『野田秀樹 赤鬼の挑戦』（青土社)、『反響マシーン - リチャード・フォアマンの世界』（勁草書房）など。

毛利 公美（もうり・くみ）

1969 年生まれ。東京外国語大学ロシア語学科卒業。2005 年東京大学大学院人文社会系研究科博士後期課程修了。一橋大学ほか講師。訳書に『細菌ペーチカ・上下』（東宣出版)、『ナボコフ全短篇』（作品社、共訳）など。

守屋 愛（もりや・あい）

東京大学大学院人文社会系研究科博士課程満期退学。現在、慶應義塾大学・お茶の水女子大学・早稲田大学でロシア語を教える。ロシア語映画の映像翻訳者。ロシア語映画発掘上映会を主催。著書：『ロシア語表現とことんトレーニング』(白水社)、訳書：ゲニス&ヴァイリ『亡命ロシア料理』(未知谷、共訳)、ドヴラートフ『かばん』(成文社)など。

ラピュタ新書　009
ユーリー・ノルシュテイン 文学と戦争を語る

発行日……………2024年10月25日　第1刷発行
2025年 4 月10日　第2刷発行
聞き手……………才谷 遼　他
通訳………………児島 宏子
訳者………………鴻 英良、毛利 公美、守屋 愛
発行人……………才谷 遼
発行所……………株式会社ふゅーじょんぷろだくと
〒166-0004
東京都杉並区阿佐谷南2-15-2-6F
（編集）TEL：03-5913-8761 FAX：03-5913-8762
（営業）TEL：03-5335-7410 FAX：03-6279-9141
印刷・製本…………中央精版印刷株式会社
編集………………古屋 志乃
装幀………………野本 理香

ISBN 978-4-86589- 806-4